卓尔文库·大家文丛

岁月流金

文洁若——著

海天出版社（中国·深圳）

图书在版编目（CIP）数据

岁月流金／文洁若著 . —深圳：海天出版社，2016.9
（卓尔文库·大家文丛）
ISBN 978-7-5507-1766-4

I. ①岁…　II. ①文…　III. ①随笔－作品集－中国－当代　IV. ① I267.1

中国版本图书馆 CIP 数据核字 (2016) 第 224891 号

岁月流金
SUIYUE LIUJIN

出 版 人：聂雄前
出 品 人：刘明清
责任编辑：韩慧强　王媛媛
责任印制：李冬梅
封面题签：王之镰
装帧设计：浪波湾工作室

出版发行：海天出版社
地　　址：深圳市彩田南路海天综合大厦（518033）
经　　销：全国新华书店
印　　刷：北京新华印刷有限公司
开　　本：787 毫米 × 1092 毫米　1/32
字　　数：153 千字
印　　张：8
版　　次：2016 年 9 月第 1 版第 1 次印刷
定　　价：68.00 元

策　　划：大道行思文化传媒有限公司
地　　址：北京市海海淀区蓝靛厂南路 55 号金威大厦 707—708 室（100097）
电　　话：编辑部（010-51505219）　　发行部（010-51505079）
网　　址：www.ompbj.com　　邮箱：ompbj@ompbj.com
新浪微博：@大道行思传媒　　微信：大道行思传媒（ID：ompbj01）

大道行思公司常年法律顾问：天驰君泰律师事务所律师　冯培　010-61848179
凡有印装质量问题，电话致 010-51505079 进行调换

目　录

辑一

写到拿不动笔的那一天

"书呆子"的求学生涯

我父亲23岁时考上了高等文官，赴日担任外交官。父亲很注重对孩子们的教育。我有四个姐姐，两个弟弟。1934年，父亲把我们接到东京，接受多语种的教育。后来，中国驻日大使被撤，父亲也被免职。回到北京后，我就读于东单头条的一家日本小学，父亲靠着变卖东西给我们交学费。

1940年3月，我去了东单三条的天主教圣心学校，攻读英文和法文。那些金发碧眼的外国孩子，用的是母语，但学习成绩却比不上我。在圣心学校念了将近两年书，上台领奖的总是我。后来家中经济条件拮据，我读完四年级就辍学了。但我没有气馁，一直坚持自学，后来考入清华大学外文系。

我对翻译自小有一种情结。在日本时，有一次，书店里有一套日译本的《尤利西斯》，原著是爱尔兰人詹姆斯·乔伊斯，1922年出版，一度是一部禁书。乔伊斯是西方文学的叛逆者，这本书用意识流的手法写了大量的心理活动，全书除了夹杂着法、德、意、西以及北欧的多种语言外，还时常使用希腊文和梵文。作者在写作时处心积虑地为阅读设置各种障碍，文字生僻，内容艰涩。父亲对我说："你看，日本人连那么难懂的书都翻出来了，要是你用功搞翻译，将来在书上印上自己的名字多好！"

后来回国后，他要求我把一套《世界小学读本》日译本转译成中文，我每天晚上坐在父亲对面，跟他合用一盏台灯，历时四年，将十本书译完，总共 100 万字。这为我日后的翻译工作打下了基础。

自 1936 年起，父亲就失业。在圣心学校读书时，我穿的是四姐的一双旧冰鞋，把冰刀卸掉了。上清华时，我穿着父亲的旧皮鞋。然而我的功课一直是拔尖的。我一点儿也不羡慕那些身穿皮大衣、每周进两次城去看美国电影的富家小姐。

那时恋爱与我无缘，因为我是个下了课就进图书馆的书呆子。我选了好几门高年级的课，所以时间老是不够用。在昏暗的校园里，每次遇到树林中喁喁细语的情侣，我就想："我可没有那工夫。"

共历磨难二十二载

1950 年，我从清华大学外文系毕业，考入了生活·读书·新知三联书店当校对，几个月后调到刚成立的人民文学出版社。我不仅看译稿，而且经常找来原文著作。在稿子周围，密密匝匝地贴上小条，像长满了胡须一般。我干的活远远超出了校对的范畴，经常因为自己管得太宽而加班加点。

1953 年，萧乾也调了过去。最初，我从未幻想过有一天能和他在一起。我们的年龄相差 17 岁。他之前曾有过三段婚史。萧乾二战时当过《大公报》的驻外记者，是第二次世界大战期间我国最早在西欧进行采访的战地记者，他又是唯一在大陆落叶归根者。1949 年，萧乾站在人生的十字路口，香港报人的工作收入不菲，母校英国剑桥又以教席邀聘，剑桥的教授专程去香港接他，应允终身职位。但萧乾回到了中国，他说："我像只恋家的鸽子，奔回自己的出生地。"可回国后，他并未被当时的文化界接受，还不小心撰文得罪了人。所以，论名，他当时只是臭名；论利，他更是身无长物。许多人劝我不要同他结合，但最终我还是决定嫁给他。

萧乾逝世后，他的老友陆铿（又名陆大声）从美国寄来了《不带地图的旅人，安息》一文，其中有一段披露了当时中国记者在西欧战场活动的情况："第二次世界大战，盟军在诺曼底开辟了第二战场，萧乾当时是第一个也是唯一的中国记者。盟军在诺曼底登陆后，中国又陆续派了七个驻欧中国记者。任玲逊和徐兆墉因为要驻守中央社伦敦办事处，所以在前线活动的只有萧乾、余捷元、乐恕人、毛树青、丁垂远和我。"

我们的姻缘是由文字开始的。我经常捧着译本，带着原书去向他请教。他讲话诙谐幽默，除了对译文表达明确意见，还给我讲一些道理。他反对直译、硬译，强调无论译什么，首先要掌握原著的内涵。我被他的学识吸引了，没有一个同龄人引起我那么大的兴趣。我意识到在文字工作上，我不但找到了一位向导，也有了知音。

我曾认识一对夫妻，因为一个爱跳舞，一个不爱，弄得很苦恼。我们则从未因兴趣不同而产生矛盾。我们童年都生活在北平，又都上了教会学校。我们都喜欢听亨德尔的《弥赛亚》和莫扎特的《安魂曲》，我们又都研究外国文学，喜欢狄更斯、罗曼·罗兰、马克·吐温和曼斯菲尔德。

1954年初春的一天，我们从东城区民政局领了结婚证书。我们的婚礼没有仪式，没有交换戒指，没有背诵誓词，然而两个人都像找到了生命的归宿。

婚后，我们互相改造。对待翻译，萧乾不像对待创作那样有热情。但那时创作的条件实在不具备。我就对他说："既然不让你去搞创作，你就去翻译几本书好了，总比虚度光阴强。"他接受了我的意见，婚后三年，他一口气译了《莎士比亚戏剧故事集》，捷克作家雅·哈谢克的《好兵帅克》，"英国小说之父"亨利·菲尔丁的《大伟人江奈生·魏尔德传》这三部经典之作。

但是好景不长，1957年，萧乾被戴上右派的帽子，我也当了20多年的"臭妖婆"。那时候，每次运动一来，很多人就一拥而上，斗这个，斗那个，和自己最亲的人划清界限。但我一直相信他："右派这顶大帽子不论你戴多少年，我都不会离开你。"

我们在惶恐中小心度日。1961年，我曾不顾家里的经济情况，用我相当于一年半工资的巨款买了一架钢琴。那顶隐形的帽子给萧乾的精神压力太大了，我以为悦耳的琴音能够使他的心情舒畅一些。

"文革"中，他不堪凌辱，曾决意自杀。为了减少对死亡的恐惧，他就着半瓶酒吃下了大量安眠药。之后，还没来得及实施他的下一步自杀计划，就醉得倒在地上，幸好被人及时发现，捡回一条性命。

之后我对他说："早知如此，何必当初，你要是1949年去了剑桥，这17年，起码也是个著作等身的剑桥教授了，绝不会落到这般田地。"萧乾神色凄厉，加重语气说："想那些干什么！我是中国人，就应该承受中国人的命运。"后来我想，假如他去了英国，我就不会有机会遇上他。

我们共历磨难22载，直到1979年，我们才重见天日。

翻译"天书"最难忘

1990年到1994年，我与萧乾一起翻译《尤利西斯》。那是我自从与他在一起以来感觉最有意思的一段时光。《尤利西斯》很难翻译，这样一本"天书"，对我们来说却是长久以来对自己的补偿。

我从 20 世纪 50 年代起，就用业余时间译了好几百万字的文学作品，但没有一部名著。另外，我从事日文的翻译比较多，十年寒窗的英文专业没怎么得到发挥。至于萧乾，他的遗憾就更大了。有人说他是"《大公报》记者中最幸运的"，但这只是相对而言。他曾经被夺去了手中的笔。在不正常的岁月中，他的心脏和肾脏都出现了严重问题，再也不能出去闯荡世界了。后来能写的，也就只有回忆录和短文。

我们两个年龄加起来 150 岁的老人，像年轻人一样焕发了热情。在寓所门铃旁我们贴了一张纸条："疾病缠身，仍想工作；谈话请短，约稿请莫。"每天早晨 5 点我们就起床，在各自的书桌前开始工作。开始时每天都要工作十五六个小时，连下楼的工夫都没有，冬天常常是和衣而卧。

萧乾曾评价我的翻译："是个讲究一个零件也不丢的人，连原文里的虚词都不放过。"我们流水线作业，我担任草译和注释，做到信；萧乾接棒做润色，力求达和雅。我们规定每天至少翻译一页原文，译不完就不睡觉。1994 年译本出来，文化界、读者以及国家领导人对它的反应之强烈，超乎了出版社和我们两位译者的想象。

可是之后不到三年，萧乾就因为急性心肌梗死住进了北京医院。在病房里，我安置了一张小木桌，我们仍旧翻译和写作，这样多少也分散了他的痛苦。

他常常回顾自己的一生，感慨自己年少时文思泉涌，却不够勤奋，尤其是小说写得太少。而在生命的最后 20 年，不论文学创作还是翻译事业，他做出的成绩，都不逊于前半生。

命中注定闲不下来

1999 年 2 月，办完萧乾的丧事后，儿子萧桐劝我赴美小住。我说："我哪里走得开？你爸爸身后的事，十年也做不完。"之后的日子，比我预料得还要忙。首先，我与吴小如先生一起整理出一部 45 万字的《微笑着离去——忆萧乾》，后来，又帮助整理出版了萧乾的《余墨文踪》。之后又选取了萧乾父子之间的通信几十封，整理出版了《父子角——萧氏家书》等。翻译的活我也没少干。《圣经故事》《冬天里的故事》以及日本诗人池田大作的诗集等陆续出版。

我这个人命中注定闲不下来，我也会像萧乾那样，写到拿不动笔的那一天。我现在已经 87 岁了，我的身体状况还不错，生活还能自理，不想请保姆，做家务对我是一种调剂——不能一直工作，眼睛需要休息。我也不想去养老院，那样的话就不能自由地工作了。

很多人都觉得翻译工作挺辛苦的，但我就是乐此不疲。对于游山玩水、看电影、看戏，我都没有兴趣，我就是喜欢翻译、写作。我对生活的要求很简单。吃得好的人不一定就长寿，很多美食家都死得早。我觉得我能活到 100 岁，那样的话也就 13 年了，在这期间我的事情都排满了，时间太宝贵，我还有太多的活要干。

（原载《环球人物》2014 年第 31 期）

家与书

在岌岌可危的岁月，我的业务三次救了我们这个家。第一次是1956年初冬。《文艺报》总编辑张光年同志三次找萧乾去谈话，让他担任该报副总编辑。张光年14岁入共青团，24岁入中国共产党，1939年26岁时去延安，同年创作了《黄河大合唱》歌词。尽管萧乾想脱产去搞创作，还是被说服了。张光年进一步提出，想要把文洁若也调到《文艺报》去当记者。他还真的专程去找时任人民文学出版社副社长兼副总编辑的楼适夷同志面谈此事。楼适夷说："文洁若是我们的业务骨干，不能放。"那一年夏季，萧乾到北戴河去写作，带回一批海鲜，我们家的保姆不会做。萧乾风闻张家的保姆擅长烹饪山珍海味，就把带回来的海鲜统统送给他了。张光年请萧乾与我吃晚饭，席间，他告诉了我楼适夷同志说的话。

转年5月12日，萧乾写了《"人民"的出版社为什么会成了衙门——从个人经历谈谈出版界的今昔》（刊登在1957年6月20日《文艺报》上）和《放心·容忍·人事工作》（刊登在1957年6月1日《人民日报》上）等文，被打成右派。1958年4月，发配到位于渤海边的柏各庄国营农场去监督劳动。当时规定一百个人里，必须划五个右派。人民文学出版社划为右派的有长征干部冯雪峰（1903—1976）、金满成（1900—1971），文学聂绀弩（1903—1986）、张友鸾（1904—1990）、王利器（1912—1998）、顾学颉、周纯、李易等，已凑足了 5%。倘若到了《文艺报》，仅仅凭跟萧乾划不清界限，就可以把我打成右派。

1958 年 1 月 5 日，人民文学出版社的 80 个在职干部下放到农村去劳动锻炼，南、北各 40 名。我是去北方农村的。动身前就说好，只有一半人能回原单位，另一半调职到外地去。由于适夷同志仍在人民文学出版社，我相信自己准能回原单位。果然，当年 11 月结束劳动回北京，名单公布了，我被调到出版社的亚非组，从事日本文学编辑工作。上班后，年内发了两部译稿，达 40 万字。这是我第二次救了这个家。萧乾下去后，在农场领 26 元生活费，只够他吃饭的。《文艺报》已把他除名，我到位于灯市口以北的文联大楼财务科每月领 40 元家属津贴。举个例子来说，我曾花八天的业余时间突击翻译日本女作家中本高子（1903—1991）所著长篇小说《火凤凰》（原文为《不死鸟》）的最后一章"难忘的日子"，刊载在 1960 年 6 月号的《世界文学》上。全文达 3 万字，拿到了约 200 元稿费，而我当时的工资是每月 89 元 5 角。正是由于有这一笔笔外快，在萧乾戴右派帽子的 22 年间，三个孩子都未受委屈。倘若调动工作，到了边远地区，后果不堪设想。

　　第三次是 1973 年。文化大革命期间，我们一家四口都去了湖北咸宁五七干校。1971 年初，女儿荔子初中毕业，回北京，当上一名无轨电车售票员。1971 年 9 月 13 日，林彪摔死在蒙古温都尔汗。这之后，就连在干校所办的向阳中学任教的老师们都回到原单位了。只好解散学校，允许家长到北京去办理学生们的转学事宜。我听说文学出版社已从外单位调来一位日语编辑。因此，把儿子萧桐送进五中后，我就去找商务印书馆的陈原同志，问他可否把萧乾和我调到该馆去编辞典。他说："萧乾太大了，就怕我调不动。你嘛，我倒是可以试试看。"1950 年 10 月，我在生活·读书·新知三联书店总管理处当校对员时，曾从英文转译了一篇苏联文学作品，投到陈原所主编的《世界知识》杂志。稿子不合用，退回来了。我当时的领导朱南铣同志却对我说："陈原对你有兴趣。"1951 年 3 月，人民文学出版社成立，把我调去了。我原来希望一两年后，我可以在陈原这样一位学识渊博的领导手下工作。7 月初，我的调令忽然下来了。我是 7 月 9 日抵京的。当时萧乾正在北京治冠心病。他告诉我，朱海观（萧乾在《世界文学》杂志任职时的同志）已特地来过一趟，说我将在商务印书馆的词典组工作。后来才知道，陈原确实曾当面向文学出版社的严文井社长提出了调我去商务的话，严社长同意了。可是正式下调令时，却节外生枝，文学出版社又不肯放我到商务去了，非要我回原单位不可。由于十四连（文学出版社）和十六连（商务印书馆）已合并，我被调回去的消息又是十六连的连长告诉我的，把我也弄糊涂了。我专程去拜访陈原同志，并对他说："我还是打心里感谢您帮了我们一个大忙。目前萧乾正在建国门医院治冠心病。湖北那么潮湿，假若遥遥无期地在那儿拖下去，我真怕他的身体会垮。您要是不调我去商务，文学出版社绝不会给我下调令。"

萧乾还没戴右派帽子时，我们一家人住在东总布胡同作协宿舍。划为右派后，我们搬了八次家：（一）前圆恩寺。（二）宝钞胡同。（三）东四五条胡同牛圈。（四）豆嘴胡同。（五）南沟沿。（六）门楼胡同（门洞）。（七）崇文区天坛南门东二楼六门三〇三号。（八）复兴门外大街二十一号楼二门三一七、三一八室。

我们是 1983 年春节后搬进这座位于复外大街的单元房的。终于有了安乐窝。

1840 年 8 月，清政府与英国签订了丧权辱国的《南京条约》。从此，中国逐步变为半殖民地半封建社会。1945 年日本宣布投降，反法西斯的第二次世界大战胜利结束。改革开放后，萧乾在《改正之后——一个老知识分子的心境素描》一文中写道："倘若自 50 年代起就一直是这么搞法，即是说，从实际出发，而不是靠个人的心血来潮，那么今天国家该是个什么样子，世界该是个什么样子！"

1984 年 8 月，萧乾应邀偕我出访西德。《人民日报》连载了他的《欧洲冥想录》。他在《"永志不忘"之二》一节中建议：为文化大革命那场史无前例的浩劫建立一座永久性的纪念馆，那是重访达豪集中营之后受到的启发。萧乾的挚友巴金则在《随想录》中，两次写专文（第一四○、一四五篇）提倡成立"文革"博物馆。先不考虑什么时候能成立，趁着亲历者还健在，把文章写出来。

进入改革开放的新时期后，萧乾写了《一对老人，两个车间》（1991 年 7 月 17 日）一文，绘声绘色地叙述了我们二人在家里的情况。他写道："我们还有一种共识——一个更重要的共识：人生最大的快乐莫如工作……我们都庆幸搞的是文字工作。干这行当，无所谓离退休，只要有纸笔，随处都可以出活儿……

"1978 年以后，我又连写带译了近百万字。80 年代主要是完成了关于我一生经历的《未带地图的旅人》。当然，还花了不少时间去整理旧著译。90 年代，我着手写起文学生涯的回忆录。并已开始在《新文学史料》上连载……然而今后几年我们二人的主要工作是完成那 80 万字的英语世界名著——《尤利西斯》的翻译……"

萧乾在此文中说是 80 万字，指的是正文。把注加上，就是 100 多万字了。我与萧乾合译《尤利西斯》那四年，确实是值得怀念的一个时期。

1997 年 2 月 20 日，萧乾因患心肌梗死，住进北京医院。我们把车间搬到医院里来了。每天不是写，就是译。到病房来探视者也不少。1999 年 1 月 20 日，他为李景端所著《波涛上的足迹——译林编辑生涯二十年》写序《一位有眼光的出版家》（重庆出版社 1999 年 8 月版）。这是萧乾的绝笔文章。2 月 3 日，他与来访的新华社记者唐师曾谈话。5 日，进入昏迷状态。11 日下午 6 点，因肾衰竭导致心脏衰竭去世。

萧乾与世长辞后，我笔耕不止，一晃儿就是 16 年。我们的儿子是 1980 年赴美国的，1996 年在北京与郭利结婚。2000 年出生在美国的孙女现在已 15 岁，2003 年生的孙儿也 12 岁了。2015 年，儿子萧桐、儿媳郭利于 7 月中旬带着一对儿女回国。我总嘱咐儿子，务必让他们的儿女，即使不能用中文写精彩的文章，起码也得学会写通顺的中文信。他们一家四口人，在家里总是说汉语，所以口语是没有问题的。

我对家的概念是：有个安静的环境，能够读书，写文章，搞翻译。在不断革命的岁月，我们一家人连续不断地搬家，由于政治原因受歧视。我做梦也没想到，还能过上这样的日子。今天的《解放日报》刊载了这么一条消息：《红楼梦》获评"亚洲最佳"。该报专稿（严敏） 英国《每日电讯报》最近评选出"亚洲十部最佳小说"，中国古典文学巨著《红楼梦》独占鳌头。该报称赞其"以白话文描写了两个家族的悲剧爱情，塑造了 400 多个人物"。排名第二、第三、第四的分别是《微妙的平衡》《罗生门》和《一千零一夜》。除《红楼梦》和《一千零一夜》外，其余 8 部"最佳小说"均为 20 世纪以来的当代小说。印度的小说最多，共 4 部。

我在《我的中学生活》（2012 年 9 月 18 日，见《澜沧江畔一对菩提树》，新世界出版社，2014 年 3 月版）一文中谈及 1942 年尽情阅读《红楼梦》等名著的往事。我的清华大学外国语文学系学长宗璞（原名冯锺璞）在《感谢高鹗》（原载《随笔》2007 年第一期；见《二十四番花信》，江苏文艺出版社，2012 年 3 月第三次印刷）一文中谈道："感谢高鹗是胡适、顾颉刚、林语堂说过的话，我想也是很多人心里要说而没有说出来的话。"我是宗璞所说的"很多人"中的一个。她已经把我想说的话用极美的语言说尽了，我只有再接再厉，向清朝的小说家曹雪芹学习，也向当代小说家宗璞学习。宗璞的《野葫芦引》前三卷我已读得烂熟于心，也被她的济世情怀深深打动了。她以如椽之笔，细腻地刻画了我国形形色色的知识分子在那波澜壮阔岁月里的人格操守和情感世界。我巴望能在几年后看到她的第四卷《北归记》的出版。

我还有个忘年交，叫赵蘅。他父亲赵瑞蕻是诗人、翻译家。新中国成立后，1953—1957 年曾到德意志民主共和国莱比锡大学讲学。她母亲杨苡曾于 1956 年赴东德莱比锡卡尔·马克思大学东亚学院讲授中国文学，1957 年回国后，翻译出版了《呼啸山庄》等名著。这一年，11 岁的赵蘅和她弟弟赵苏也跟着妈妈出国了，开了眼界。改革开放后，赵蘅于 1996 年 6 月 21 日应邀前往法国，在巴黎国际艺术城与各国画家团聚、交流，以后又去了西班牙、英国。进入 21 世纪，赵蘅的《拾回的欧洲画页》（作家出版社 2002 年 1 月版）问世。这是又一本文情并茂、语言优美的书。最近，她写了一本《补丁新娘》。此作用女性特有的敏锐观察力，记录自己成长的过程，融入了中国文化，写的是整个中国在那个特定时代的风云变幻。书中那些色彩斑斓的画面，给人留下极深的印象。

所有的人，尤其是年轻人，应该多读一些有人文关怀、关注人类前途的作品。

2014 年 4 月 28 日

我怕走过金鱼胡同

虽说我原籍贵阳，却出生于北京东北城的一条小胡同里。除了旅居日本和去干校那几年，一直住在北京，足足有六十年之久。我们家在桃条胡同三号，是个四合院，前后共四进，母亲在五个院子里都栽满了花，招来蜜蜂、蝴蝶和蜻蜓。那胡同不长，统共也就那么十来家。隔着北剪子巷，东口对着白米仓。我记得胡同口有家烧饼铺。一个五十开外的老师傅带着个十来岁的小徒弟，一个炉接一个炉地烤出喷喷香的芝麻烧饼，夹上酥脆焦黄的油炸鬼，诚然是天下最美味的早点。那是 30 年代初，城乡还不是那么泾渭分明，胡同西口就有一家人，住着几间破土屋，专靠养猪过活。娃娃们从早到晚拾菜叶子，给猪作饲料。

北京胡同的名称可是一门学问。有的得名于地形，如竹竿巷或羊尾巴胡同。有的标志着元明清时城市的布局，如羊市大街、猪市大街。另外，还有不少胡同是纪念人物的，如王大人或马大人胡同。出了我们桃条胡同西口，向左拐，就进入纪念文天祥的文丞相胡同。这条南北向的小胡同并不通大街。走到南口，朝右一拐，便是文丞相祠。该祠所在的府学胡同是北与交道口大街、南与地安门东大街平行的通衢要道。明清两代的顺天府学（相当于市立大学）曾设于文丞相祠旁边，这就是"府学胡同"一名的缘起。

据我幼时看过的家谱，我们文家是七代以前从江西迁到贵州去的，乃文天祥之后裔。成年后方知，家谱大抵并不可靠，但追溯到文天祥的那样一张家谱，确曾使我引为自豪，而且觉得我们一家人住在离文天祥被囚禁并慷慨就义的兵马司狱故址不远处，也是一种缘分。自6岁上小学，至大学三年级时搬家，府学胡同曾是我经常走过的地方。进入60年代，由于我的两个孩子都就读于府学胡同小学，我又有机会多次往返那条胡同了。

40年代，文丞相祠曾被翻修一新。紧闭着的红漆大门上端挂着有"文丞相祠"字样的横匾。出于对祖先的仰慕，我和弟弟曾多次跑到门前守候，巴望趁什么人出入之际能探头朝里瞧瞧。可惜它一次也不曾开启。及至二十几年后我领着孩子从那里走过的时候，横匾早已被摘掉了，整个祠堂圈进小学校里了。

前几年听说"文丞相祠"已修复并开放了，我便兴冲冲地跑去参观，只见文物疏少，大而无当。细一打听，原来50年代初扩建校舍时，祠内的文天祥塑像就被拆掉了。十年浩劫，所有古人，不分忠奸，一律都成为封建将相。全国古建文物，统统遭了殃，文祠当然也难幸免。连祠堂后面的"正气楼"（文天祥被囚禁并书写《正气歌》的所在）也被焚毁。甚至相传是文天祥亲手栽的一棵古槐，亦未能逃掉红卫兵的斧头。幸而市文物局就在府小对面，"文革"期间及时抢救了一些歌颂文天祥的匾额、石碑等，否则前来凭吊这位英雄遗迹的，就更什么也看不到了。

北京城的设计者真是匠心独运。80年代我走访了世界上的好几座名城，没有一座像北京这样整齐匀称的。城墙和牌楼被拆除后，北京城没有了外壳。可是由于胡同大都依然健在，所以城市的格局还没变。东四和西四，东单和西单，至今仍旧是平行的。然而，每逢走过今日的金鱼胡同，我心里就不那么平静了。如今它阔气了，我却根本认不出了。

这可是去王府井、东安市场、吉祥戏院、协和医院和中央美术学院的必经之路啊！和琉璃厂一样，它原是老北京对之感情至深的一条胡同。大人去那里看杨小楼、去春明商场寻猎旧书，娃娃手持大糖葫芦或沙雁风筝，时而还有一对对挽臂的情侣在徜徉。可如今呢，东头全拆了，耸立起几座金碧辉煌的大饭店。

要改革开放，要开展旅游，最简捷的办法是：拆！拆！拆！然而我怕走过了金鱼胡同，因为一看到东口的变化，我就不禁发愁：咱们这些有着悠久传统、富于民族特色的胡同和四合院，会不会在时代的经济大潮中整个儿被湮灭呢？

1993年9月7日

我的初中生活

1940年3月，我领到一张优等生奖状与一张全勤奖状，毕业于北平的一家日本小学。4月1日起，就到位于东单三条胡同西口的圣心学校攻读英文去了。圣心学校分布于全世界各国。天主教圣方济各修会除了传统的传教工作外，还积极从事国外布道活动，并在教育与学术研究方面有所建树。圣心会是天主教女修会，1800年由修女巴拉[1]创立于法国，以开办培养富有人家出身的年轻女子的学校闻名。巴拉死于1865年。当时圣心会已由法国发展到欧洲十一国以及阿尔及利亚和南北美洲。

20世纪20年代，法国天主教圣心会在北京东单三条胡同西口创立了一座圣心学校，学制为10年一贯制，分英文班和法文班。30年代以来，我的四个姐姐先后在圣心学校读过书，我赶

---

1 巴拉·圣玛德琳－索菲亚 Barat, Saint Madeleine－Sophie（1779年12月12日—1865年5月25日）法兰西天主教修女、圣心会创立人。出身农民家庭，哥哥路易是助祭，曾给予她完善教育。法国大革命后，路易任巴黎司铎，她随哥哥赴巴黎。路易的上级瓦兰任命她领导教育修会圣心会，1800年正式授职。1801年第一所圣心会女隐修会成立于亚眠，1802年巴拉任该院院长。1826年教廷承认圣心会。

上了末班车。是三姐常韦带我去报名的。修女问我三姐："你妹妹叫什么名字？"凡是在圣心学校念书的学生，都得起个洋名字。没等三姐开口，我当即说："Margaret。"大姐的藏书中有一本英国女作家乔治·艾略特（1819—1880）的长篇小说《弗洛斯河上的磨坊》（三卷）。大姐给我讲过这部小说的情节。此书出版于1860年。主人公是叶塔利弗的磨坊主，他有一儿一女，哥哥叫汤姆，妹妹的名字是玛格丽特。他们的父亲后来破产了。哥哥和妹妹乘船时，洪水导致兄妹二人双双淹死。我与萧乾结婚后，给他起名Tom（汤姆）。写家书时，他用T代表自己，称我做M。

我念的是英文班。入圣心学校后不久，有个法文班的学生下课后问我："你是不是Marie Josie？"我脱口而出："我是Marie Josie的妹妹，叫Margaret。"我四姐文檀新于1938年4月1日入了圣心学校的法文班。大姐文馥若带她去报名。修女为她起名"Mari Josie"。四姐只念了一个学期，7月底就离开了圣心学校，自9月1日起，在辅仁大学附属中学女校读初一。问我的那个学生叫Rosetti（罗塞蒂），与比她大两岁的姐姐Nancy（南希）一道在圣心学校当工读生。姐儿俩的父亲姓丁。早年丁先生赴法国留学，带回一个法国女孩，二人在北平结婚。丁先生长期失业，让他的法国妻子恳请圣心学校收留两个工读生。由于他们全家人都信天主教，大多数修女又是法国人，校方才破例录取了她们。她们是寄宿生。派给姐儿俩的任务是照料幼小的寄宿生。宿舍在三楼，修女们住在四楼。由于每班只有十几个学生，每一位修女同时要教两班。圣心学校是每年9月1日开学，分三学期。9月至12月是第一学期。转年1月至3月是第二学期。4月至7月为第三学期。8月放暑假。我连跳了两班，1941年12月就读完了四年级。三、四年级时教我的艾玛嬷嬷（Mother Emma）是我的恩师。1941年，圣心会的总会长到北平的圣心学校观察，注意到我写的一篇英文作文（题目叫《一个故事》）予以夸奖。艾玛嬷嬷作为我的级任老师，觉得脸上光彩，常常单独跟我聊天。四年级的课本中有美国作家华盛顿·欧文（Washington Irving, 1783—1859）的短篇小说《瑞普·凡·温克尔》（*Rip Van Winkle*）[1]。艾玛嬷嬷告诉我，爱尔兰作家詹姆斯·乔伊斯（James Joyce, 1882—1941）的代表作《尤利西斯》（*Ulysses*）中就不止一次地出现过这个人物。这位修女的知识面相当广，有一副圆润清亮的歌喉，入修女院之前，想必相当活泼。

我总给自己的作文画一幅彩色插图。倘若论文中写到孩子们骑自行车，就画几个孩子骑车的图。写到火车，就画火车。车窗里露出男女老少几个人的脸。艾玛嬷嬷不但给作文记分，就连插图也记分。有一次，我没画插图，她用红墨水写道："Where is your picture？"（你的画儿呢？）可见艾玛嬷嬷还挺待见我那

1　瑞普·凡·温克尔是华盛顿·欧文所著《见闻札记》（*Sketch Book*）中一短篇小说的篇名及其主人公的姓名。小说叙述温克尔为避开性格凶悍的妻子，藏身在卡茨基尔（Catskill）山区。沉睡20年后，醒来发现妻子已故，住居成为废墟。世界发生了翻天覆地的变化。

几幅插图。1941 年底，放寒假的前夕，艾玛嬷嬷在教室里宣布："寒假后 Margaret 就升五年级了。我头一次遇到一年就把三、四年级的功课读完的学生。"她还提出，把我那个画了插图的作文本留给学校。我认为这是荣幸。就立即把作文本交给了她。

我打了个如意算盘：倘若照一年读两年的功课这个势头念书，说不定三年后我就毕业了。然而，当我把这个好消息告诉父亲时，他绷着脸说："算了，学费太贵。交不起。从明年起，你就在家里自学吧。八口之家，怎么得了，拉黄包车，也有拉不动的一天！"他说的是气头上的话。

不过，父亲有自相矛盾之处。有一次，三姐常韦想到医院去当护士，他坚决不答应。另外一次，大姐馥若建议四姐檀新与我到日本商店去当售货员，他毅然反对。

我并未气馁。在家自修初一、初二的功课，还自订读书计划，尽情阅读《红楼梦》《三国演义》《水浒传》《西游记》等名著，背诵《孔雀东南飞》《长恨歌》《琵琶行》《秦妇吟》等长诗。

1939 年至 1949 年间，我们兄弟姐妹中一直有一个至五个在辅仁读书。我辍学前，三姐因骑自行车伤了脚骨。当时倘若立即送入协和医院不难治愈。怎奈父亲失业，只好住进日本同仁医院（位于东单三条胡同西口），由该院的一个实习大夫开刀，因碎骨未取尽，脚踝上留下几个活伤口，压根儿不能走路了。正在辅仁大学西语系读二年级的三姐，只好休学，病卧在床上。三姐、大姐和母亲住在西院的三间北房里。我与四姐住在中院的东厢房中。每隔两三个小时，我就到西院去照料三姐。

1942年9月，我插班进入辅仁大学附属中学女校初三，次年考入高中。1930年萧乾进辅仁大学，当时，该校是新由天主教美国本笃会办起的私立大学。没过几年，由于纪律松弛，辅仁由德国圣神会接管，还分别在东官房和太平仓创立了附属中学男校与女校。新中国成立后，男校易名十三中，女校易名五十六中。由于日本军国主义者和德国纳粹狼狈为奸，德国教会也沾了光，北平沦陷期间伪教育局没怎么插手辅仁的教务。例如，教育局规定每周上五堂日语、两堂英语，实际上教五堂英语、两堂日语。师生之间有默契，倘若查学的来了，立即调换课本。查学的确实来过几次，但只在教务处坐坐，从未进教室来查问过。我的两种外语都起了作用。每逢交英文作文，全班五十个同学中，至少有三十个请我预先替她们改一遍，重抄后再交上去。老师允许我利用上日语的两个小时，去向一位德国修女学德文。考试时，我给大家递小条，保证人人得满分。那位教日语的男老师干脆到走廊里抽烟去了。他本来也是混口饭吃，觉得教敌国的语言没出息。

教国语的张老师给了我很大的影响。她告诉我们该怎样读报纸。比方说，当时的北平尚处于沦陷期，一家报纸刊载了日军和伪军攻陷了我国的某城市。过了几个月，同一座城市又被日军与伪军攻陷啦。这就说明，八路军一度收复了失地。我们家穷得连买报纸的闲钱都没有，我就在放学后到大姐的办公室去看。当时她在伪北大当徐祖正的秘书。那里，不但有中文报纸，还有一家日本报纸，如果我没记错的话，叫作《大东亚新闻》。有一篇短文引起了我的注意，题目是《不论到哪儿，都是泥泞》，那个日本作者不打自招。他只得承认，侵略者在这场战争中越陷越深。从中国人看来，此话意味着："谁要是侵略中国，管叫它有来无回。"

我在日本小学校读书时，算术一向是全班最好的，从未出过错。由于没有读初一、初二，初三的代数，就成了难题。亏得我遇上了特级教师王明夏。她从来没有为我单独补习过，甚至没跟我说过话。然而她教学的本领确实了不起。不知不觉间，我就开了窍。

我于1942年9月入辅仁女中初三时，由美国修女艾琳教英语。不过，当年11月，她就连同在辅仁大学女校任教的另外两位美国修女（杰玛与玛格丽特），被侵华日军押送到山东潍坊的一座日军关押美英等国侨民的集中营，囚禁起来。日本投降后，才获得释放。我们听说，这三位修女在集中营里为老人和孩子做了大量的工作。她们的献身精神，使大家深深感动。

最后，谈谈我三姐常韦的足疾是怎样治好的，以飨读者。1956年，我风闻位于虎坊桥一带的市立第一医院有一位刘大夫，擅长动这种手术，就陪着三姐前往。尚未动手术，刘大夫就说："比你这个难度更大的手术，我都成功过。"手术果然很成功。姐姐终于能自己个儿走路啦，我用《布雪和她的妹妹们》这个译本的稿费，付了有关费用，此书的作者是立陶宛女作家叶娃·西莫娜依契捷（1897—? ），作品出色地描绘了立陶宛农民的生活。我是根据 Eve Manning 的英译 *Busè and Her Sisters*（*Soviet Literature*, No.6, 1955）转译的。

2016 年 6 月 16 日

我的起点
——礼赞三联书店

人生在世，有些日子铭刻于心，总难以忘怀。我于1950年大学毕业后走上工作岗位的那一天，刚好是九·一八，每年到了该日，报纸上必然纷纷发表纪念国难的文章。我不由得庆幸自己生得逢时。在旧社会，没有门路的，毕业就等于失业；而我是在新中国成立后各方面都急需人手时走出校门，考入三联书店总管理处的。当时中国正向苏联一边倒，所以英译中、日译中，考的均为苏联小说。日语的主考者张孟恢，不谙日语，只会俄文。他便从日本的《赤旗报》上找出一段正在连载中的西蒙诺夫的《日日夜夜》日译文，叫我把它译成中文，他再根据俄文原著来核对，以此鉴定我的日文程度。英文程度的主考者朱南铣（70年代在湖北咸宁五七干校时，他不幸溺死于池塘中）指定我把爱伦堡的长篇小说《暴风雨》英译本中的一段译成中文。幸好总算过了关，我便当上了一名校对员，在东总布胡同29号那座四合院的大办公里坐班。当时实行编校合一，把两间屋子打通了的大北房里，连编辑带校对，满满当当地坐了十几个人。只有一部电话，但那时无人利用公家的电话办私事，更没有拉家常搬弄是非的风气。每个人走进办公室，头一件事就是在签到簿上签上到达的时间；大家都很自觉，没有弄虚作假的。

至今我仍认为，先从事校对最能为编辑工作打好基础。50年代初叶，我们几个刚从大学毕业出来的校对员（王笠耘、张奇、袁榴庄、石永礼等）并不满足于仅仅做校对工作。每遇到不通顺的句子，必主动向责任编辑提出来。在看焦菊隐从英译本转译的《阿·托尔斯泰短篇小说选》的校样时，我还从资料室把他翻译时所根据的英译本借出来，对译文提了不少意见，得到了我当时的顶头上司、责任编辑朱南铣的褒奖。总管理处特地印制了一种备我们这几个校对员提出修改意见用的表格。我们看毕校样，就跟填好的校样一道交给责任编辑，而且所提的修改意见几乎全部被采纳了。

总经理邵公文在我们这间大办公室西边的北房办公，做秘书工作的王仰晨和刚从上海调来的王泰雷与他同室。没有人计较生活待遇，更谈不上奖金或劳务费。大家都一心扑在工作上，只想多做贡献。

当时我刚满 23 岁。经历过沦陷时期和胜利后那段困难的日子，参加工作后，觉得自己 17 年寒窗掌握的一点语文和外语知识能派上用场，心情十分舒畅，真是有使不完的劲。

几个月后，听说要把三联书店总管理处的原班人马分成两批，连同从文化部编审处抽出来的人，分别成立以出政治书籍为主的人民出版社和出版文学书籍的人民文学出版社。我立即去找许觉民，说我想到人民文学出版社。我和清华大学的同班同学王笠耘、张奇以及在清华时读经济系的袁榴庄，毕业于重庆北碚相辉学院的石永礼，都到了人民文学出版社。1952年，另一个同学水建馥也从《学习》杂志社调来了。退休前曾任副社长的江秉祥，也是从总管理处调到人民文学出版社的。

人民文学出版社是1951年3月正式成立的。1950年6月25日，人民文学出版社总编室主任郑效洵便把编辑方殷和我带到位于东四头条三号的文化部旧楼的一间办公室去做秘书工作，直到当年10月，东四头条四号的小筒子办公楼竣工。

尽管我在三联书店只待了半年，然而在我40年的编辑生涯中，那是起点，也是序幕。我说40年，因为我于1987年底退休后，在没有得力的继任者的情况下，又以回聘的方式工作到1990年8月底。我自己一直保持着最初那半年养成的视别字病句为恶敌的兢兢业业、认真负责的工作作风，而且也始终坚持"管得宽"的习惯。

三联书店北京老同志联谊会编的《联谊通讯》我每一期都认真阅读，从中了解到三联书店光荣的历史以及新老同志的近况，倍感亲切。

这里，我想就势儿提一桩小事。60年代初的一天，我到百万庄外文局去看展览。

那是炎热的夏天，适值三年困难时期。那会儿把仅有的油糖肉都省下来，以便周末给孩子们改善生活。我自己的两条腿都浮肿了。正当我一步步吃力地走向电车站时，一辆小汽车突然停在我身边。车门开了，邵公文同志伸出头来，招呼我上车。他要到西单，说可以顺路送我一程。10年前在三联书店工作时，我从未跟他说过话，我甚至奇怪他还认得我。其实，对他来说，顺便带个人是桩轻而易举的小事儿，但当时却给了我莫大的温暖。

1992年1月3日

我的笔名

我先后用过七个笔名，每一个笔名都跟家族的名字有关系。棣新和素菲是纪念我三姐的。她在孔德学校念了8年书，初二时赴日，入圣心学校读英文，修女给她起了个洋名字Sophia（素菲娅），于是，素菲就成了我的笔名。三姐原先叫文棣新，回国入辅仁大学附属中学女校，改名文常韦。80年代初，萧乾和我合译《托尔斯泰中短篇小说选》，署名"棣新"，由香港基督教文艺出版社出版，是由英文转译的。紧接着，我又为该社由日文翻译了《永远长不大的娃娃》（曾野绫子著）、《十胜山传奇》（三浦绫子著）、《白昼的恶魔》（远藤周作著），均署名"棣新"。

三姐是七个兄弟姐妹中最倒霉的一个。偏偏在生活最困难的北平沦陷时期患上足疾，架了17年双拐，经过三次手术，1958年才甩掉拐杖，但走路有些瘸，一直跟我们一道生活。亏得多年来有她照应，我才做出了一些成绩。她是1993年去世的，2000年我们的孙女出生，我给她起名"萧文棣"，英文名字叫素菲娅，小名叫娅娅。

我母亲叫万佩兰，抽掉"佩"字，"万兰"成了我的另一个笔名。四姐的英文名字叫 Marie Jose（玛丽·乔瑟），父亲曾说这与"曼坚"谐音。我的英文名字叫 Maggie（玛吉），父亲认为可用"默宜"二字表达。我把他的话记在心上，就又多了两个笔名：曼坚、默宜。

60 年代初，《人民日报》《光明日报》和《世界文学》都曾约我翻译配合形势的短文。我觉得同一个人的名字出现得太频繁，就交替着使用"素菲""万兰""默宜""曼坚"这四个笔名。

1986 年、1987 年，我的两个侄女相继赴日留学。大的叫文静，小的叫李黎（从母姓）。进入新时期后，姐妹俩的名字也成了我的笔名。

我祖父于 1889 年中进士，我父亲于 1893 年生在县衙门里。父亲 22 岁时考上了高等文官，赴日当外交官。他把全部工资都花在培养七个子女上。然而，五姊妹死的死、病的病，大姐虽至今健在，出国近六十载，又嫁了个美国人，几乎把中文都忘光了，就连给我写信，都用英文写，偶尔插进一句中文。她经常通过家信勉励我。当然，倘非和萧乾在创作和翻译上切磋琢磨四十五载，我也不会有今天，所以借此机会将萧乾的笔名也介绍一下。

（一）萧秉乾。严格说来，这不是笔名，而是他的原名。1927 年在《崇实季刊》第五期上发表的南口旅行杂感，以及 1929 年和 1930 年在《燕大月刊》上所载《梨皮》《人散后》《骚的艺术》，均署名萧秉乾。（二）萧若萍。1929 年萧乾在汕头写了一篇《痕迹》，署名萧若萍。他于 1999 年去世以后，此文被收入《微笑着离去——忆萧乾》（辽海出版社 1999 年 10 月）。（三）塔塔木林。1948 年萧乾写了一部《红毛长谈》，共七篇，当年 8 月由上海观察社出版，署名塔塔木林。1990 年李辉编了一部《红毛长谈》，当年 1 月由台声出版社出版，收录了观察社出版的版本中的五篇：《法治与人治》《玫瑰好梦》《神游西南》《二十年后之南京》《新旧上海》。萧乾去世后，傅光明编了一部《解读萧乾》（大众文艺出版社 2001 年 3 月版），除了上述五篇，把《中古政治》和《半夜三更国际梦》也收进去了。萧乾于 1946 年回到阔别七年的祖国，在复旦大学任教授，看到参加学运的学生成卡车地被抓走，有感而写了这组讽刺文章。1996 年 6 月 6 日，他写了一篇《余墨》，说自己半个世纪前"借'塔塔木林'之名，以半文半白、似通非通的蹩脚文字，或拐弯抹角，或借用梦境（或模仿《镜花缘》），写成几篇歪文。后来又假借移译自外文，以舞台或音乐之名，抨击当时为政者的穷兵黩武"。

"文章连续发表在《大公报》上，害得报社接电话的同事忙个不休。大都追问塔塔何许人也，来自哪国。有寄诗文应和者，也有斥责语句欠通者。老作家沈从文还借巴鲁爵士之名，为文响应过……"《萧乾全集》（七卷）于 2005 年 10 月由湖北人民出版社出版时，主编把《红毛长谈》连同《余墨》都收在第三卷《特写·杂文卷》里了。

中华人民共和国成立后，萧乾只用过一次笔名：佟荔。他于 1957 年被错划为"右派"，发配到唐山柏各庄国营农场去劳动了两年半。1961 年 6 月调到人民文学出版社编译所，翻译菲尔丁的《弃儿汤姆·琼斯的历史》。他用业余时间译了一本《里柯克小品选》，1963 年 3 月由人民文学出版社出版。当时尚未摘帽，照规定必须用笔名。小儿子叫萧桐，他把与"桐"谐音的"佟"当作姓，又取女儿萧荔的"荔"字，凑成"佟荔"这么个笔名。1979 年 2 月拿到一纸平反书，又补译几篇。1993 年 9 月由海天出版社出版，署名萧乾。

我们两人相濡以沫四十五载，各忙各的。他起名"佟荔"，没跟我商量过，我那七个笔名，只有棣新他还有个印象，因为《托尔斯泰中短篇小说选》是他和我合译的，其他六个笔名，他根本不知道。然而，无独有偶，我们两人都把家里人的名字当成了笔名。

2006 年 4 月 24 日

附记：

我是五姐妹中的第五个，我们的名字，依次排下来是桂、树、棣、檀、桐，再加一个新字。所以我 1933 年上孔德小学，以及 1924—1940 年 3 月念日本小学，均用文桐新这个名字。后来所以改名字，是因为 1934 年我二姐文树新与当时的孔德学校校长恋爱，从家里出走同赴上海。这也就是 1934 年 7 月我们举家去日本的原因。我们五姐妹都曾在天主教办的圣心学校念书，按学校的规定，都起了英文名字，大姐叫 Florence，昵称 Floy，取这个音，父亲为她改名馥若。因为二姐虽于 1935 年生下一个女儿后死在上海，由于姓文的极少，文 × 新，很容易使人联想起她。1942 年 9 月我入辅仁女中时，大姐给我改名文节若，父亲说节字有封建意味，给改成洁若，这就是目前这个名字的由来。

三姐的英文名字叫 Sophie，"素菲"由此而来。四姐的英文名字叫 Marie Josie（其实这是法文名字），父亲取其音，给她起名曼坚。我的英文名字叫 Margaret，昵称 Maggie，父亲给我起名"默宜"。至于"万兰"，是纪念我母亲的，她叫"万佩兰"，去掉"佩"字，就成了"万兰"。"万南"是长途电话引起的误会。《日本当代短篇小说选》的责任编辑于雷同志从沈阳打电话来说集子里每个人只有一篇，唯独我有两篇，太突出，有一篇可否用笔名。我便说改用"万兰"，他听成"万南"，所以又多了一个笔名。

（摘自文洁若 1985 年 5 月 27 日致龚明德的信）

我的养身之道——食疗

6年前老伴儿去世后，我感到腿软，到北京复兴医院去检查，确诊为脑动脉硬化。年年输液，天天吃药。照样工作。岂料由于我的轻信，延误了治疗，乃至住院检查，竟然患了脑梗，2002年11月21日天坛医院的朱铺连教授来会诊，事后我了解到，我属于五分之一的幸运者。其他五分之四的患者，要么突然死亡，要么偏瘫，留下后遗症。

老伴儿生前，儿子年年回国探亲。如今有了孩子，好几年没回来了。过去他看见我们每天吃鸡蛋，就说："除非把蛋黄扔掉，只吃蛋清，否则对身体有害。不舍得扔的话，只能三天吃一个。"说不定我这动脉硬化乃至脑梗，是吃蛋黄吃出来的。20世纪80年代以来，老伴儿只吃蛋白，我把他放弃的蛋黄吃了，再吃一个整的。尤其是1985年6月至1986年6月，独自在东京研究日本文学，有时一连吃六七个煮鸡蛋，百吃不厌。吃下这么多蛋黄，不患脑梗才怪。儿子昨天从美国打电话告诉我，肥肉和鸡皮下的脂肪，味道固然鲜美，他们也全扔了，总比吃进去导致动脉硬化强。我想过去我们天天吃猪油，萧乾特别爱吃猪大肠。

复兴医院门诊部的中医陈抗美告诉我，茄子是软化血管的。我又在报纸上看到，土豆、白薯、洋葱、大葱、黑木耳、海带、紫菜、燕麦片，都对延缓动脉硬化有好处。另外，我还吃酸奶、栗子、枸杞子、核桃、山楂、黑芝麻。我很少炒菜。把大米、土豆片、胡萝卜片、紫菜放在电饭煲里一道煮，分成六份，可以吃两天。每周到饭馆去吃一次鱼，再叫上一盘烧茄子，剩下的带回来能够吃两顿。该有的营养都有了，这就够了。

今年6月赴上海参加布鲁姆日的活动，7、8月份在杭州写作。没曾想空调的温度太低，左膝关节积水，回京后住进骨科病房治疗。接着又在神经内科做各种检查。CT的结果出来了，脑梗的斑点居然消失了。主治医生要我把去年1月照的核磁共振的片子拿来给她看，果然，那时是有一些斑点。

但我绝不掉以轻心。80年代初给萧乾做过左肾割除手术的友谊医院的名医余大夫，后来患上脑梗，痊愈后独自出国，在候机室旧病复发，突然去世。所以我决定尽量不出国了，毕竟已77岁了。我是1950年毕业于清华大学后到人民文学出版社工作的。60岁退休后回聘了三年。1990年8月才开始每天有属于自己的24小时。译林出版社社长李景端正是在那时上门约我们合译意识流开山之作《尤利西斯》的。老伴儿说得好："搞文字工作的人，没有退休的一天。"求学时期住在四合院里，家务缠身，没有足够的时间来学习。现在终于有充足的时间随心所欲地翻译、写作、编稿了。

　　我还有两个健康秘诀：（一）多年保持同样的体重。1946年我考上清华大学外国语文学系时是50公斤，58年后，现在仍是50公斤。（二）注重口腔卫生。拔掉了两颗智齿，其他牙齿完好无缺。消化好，睡眠好，心态好。

2004 年 11 月 1 日

（2004 年 11 月 16 日刊载于《大公报》）

辑二

忆萧乾

　　1999 年 4 月 2 日，时钟指着下午 6 点。五十天前的此刻，你的心脏停止了跳动。你属于那种死后不会声销迹灭者。尽管咱们两人相濡以沫，度过了近半个世纪漫长的岁月，通过陆续见报的关于你的文章，还是能够帮助我从新的角度加深对你的认识。

　　1953 年夏咱们初识后，出于好心对我进行忠告的人的声音一度占了上风。于是我提出暂时不再跟你见面，以便清理一下自己的心绪。然而我发现，再也没法过结识你之前的那样一种一潭死水般的单调生活了。你那位美国堂嫂安娜的大女儿曾对我说："我小时觉得，五叔（指你，大排行老五）身上有一百个人的生命。"她比我小两岁，我还保存着一张你和这位侄女的合影：少年英俊的你蹲在地下，用手扶着当时只有两三岁的她的双肩。

　　我们分手的 8 个月期间，你的音容笑貌不断地浮现在我眼前。我意识到：我对你的这腔挚情，一生中只能有一次。不论将来要冒多大风险，吃多大苦头，我也豁出去了，决定与你携手前进。

　　婚后，我们住在东总布胡同 46 号作协宿舍后院的小西屋里。除了建国初期奉命写土改，你只在难忘的 1956 年有机会到处跑跑，写下了《万里赶羊》等散文随笔。你多么羡慕同院的艾芜等作家啊，因为他们能够下去体验生活，埋头写作。接着就是 1957 年的"六月雪"。你降为次等公民，被夺去手中的笔达 22 年之久。

1979 年 3 月，当你拿到一纸平反书时，已年过七旬，垂垂老矣。50 开外时从柏各庄农场回来，你就有了尿频的毛病。1972 年在干校农场，又患上了冠心病。1978 年还查出左肾长了一粒蚕豆大的结石。

我给日本友人、京剧研究家吉田登志子写信，问她日本医院对取肾结石有什么办法，治的话，要花多少钱。她回信说，一般情况下，采取体外震波碎石方法，治疗需 500 万日元。我当然不曾抱陪你赴日治病的奢望，只是当年 8 月你准备赴美参加艾奥瓦大学"国际写作计划"时，我曾提醒你带上左肾结石的透视片，万一在美国结石发作了，好就地治疗。你不以为然，斩钉截铁地说："这是 30 年来大陆作家第一次参加海峡两岸和中美作家之间的交流活动。我绝不能因私事给东道主添麻烦。"

你太不服老了。在美国和香港先后活动了将近 5 个月，对自己的健康信心倍增。你觉得只消把身上这颗"定时炸弹"（指结石）去掉，就又可以像年富力强时那样走南闯北、采访人生了。你告诉我，1950 年你报名参加抗美援朝，曾自费住进协和医院，切除了盲肠，半个月后就康复出院了。朝鲜战场没去成，但你并不后悔挨了这一刀。这次你准备去大兴安岭，进入人迹罕到的原始森林。我感到，我面对的是恢复了本色的萧乾，从30年（1949—1979）的禁锢中解放出来的萧乾，以其写作才华和人格魅力，结交了本国文坛泰斗冰心与巴金、美国记者斯诺、英国汉学家魏理、小说大师福斯特和作家艾克敦爵士。过去你夹着尾巴，不得不听我的，而今轮到我被你牵着鼻子走了。去年12月钱锺书先生病逝后，我曾见到北京医院的一位副院长。她说："杨老（指杨绛先生）什么都听钱老的。大夫说该翻身了，钱老不愿意，杨老就说别翻了。大夫认为该把床摇起来，让病人换换姿势，钱老不同意，杨老就说别摇了。"

我把这番话学舌给你听，并补上几句："其实，1980年以来，我又何尝不是如此。你豁出去做一件事，十匹马也拉不回来，非做到不可。"

你是不顾四家大医院（协和、友谊、广安门、北大）的四位有权威、经验丰富的大夫（其中还有一位中医）的劝阻，而于1980年12月强行做了左肾取石手术的。术后尿道不通，只好造瘘，改用肾管导流，不知受了多少罪。你在1981年5月2日致巴老的信中生动地描述了当时的情况：

"日前，我一边同病魔斗争，一边在赶译《培尔·金特》（上次只译了一、五幕，现正译二、三、四幕。出院快2个月了，大夫出诊三次，我去医院四次，不断有情况，不是管子从伤口中溜出来（即是一场危机，已发生三次），就是漏尿，或尿道不通，每次折腾后，即得发高烧数日至一周。洁若也觉得不是长远之计（我还是托人从香港带回来的日本进口管子）。"（见《萧乾文集》第9卷，第34页，浙江人民出版社1998年12月版）

当年8月底，左肾完全排不出尿来了，说明已失掉功能，就又住院把它切除。这里我衷心感谢友谊医院的泌尿科主任于会元大夫那崇高的医德。（当初你不听他的话，住进了泌尿科两个人一间的普通病房。于主任来查房，急赤白脸地对你说："哎呀，不让你开刀，你怎么还是住进来啦！"你只好出院，但还是不死心，遂向人民文学出版社的周游社长取经，这回干脆住进了外宾病房。它不在于主任管辖范围之内。就这样，终于贯彻了开刀取结石的初衷。）切除左肾的手术义不容辞地落到他头上。由于坏死的肾已粘连，不得不用手术刀一点点地剥离，费了很大劲。手术毕，你躺在担架床上被推回病房，还吊着瓶子继续输着血。陪同前来的于主任的脸色跟你一样惨白，额头上沁出黄豆大的黏汁。几年后，我听说他患了脑血栓（肯定是积劳成疾），一度康复，后又复发，遽然去世。作为病人家属，我对他由衷地怀着内疚。

你在1981年9月7日致巴老的信中写道："我第二次开刀很顺利，伤口已快长好，今后不再需人看护，只少了一个肾而已。"（见《文集》第37页）殊不知，这仅剩下的右肾自1985年6月起就告"功能中等受损"（见你致姚以恩信，《文集》第9卷，第412页）。从此，每次检查，肾功能逐渐减退，由肾功能不全发展到尿毒症，诱发了心肌梗死，其他器官也不可避免地相继受损。你这个不向命运低头的硬汉子，终于被死神接走了。

你生前的一大恨事是改革开放后你虽苦尽甜来，三个儿女却相继到海外各奔前程，一个也不肯回到年迈多病的慈父身边侍奉。我忙里忙外，根本顾不得想孩子，你却常常感到孤寂，长吁短叹。

一个人童年的回忆至为深刻，往往铭记终身。你在《往事三瞥》中写了儿时见到的一个白俄倒卧的惨景。你不愿意重蹈他的覆辙，所以在1948年谢绝剑桥的聘请，返回故土。但你跟那个白俄毕竟是素昧平生，何况他还是个外来者。18年后，1966年的"红八月"中，你儿子桐桐在当时那个年龄（不满10岁）所目睹的却是朝夕相处的一帮邻居在"红卫兵"率领下前来抄家的恐怖景象。他们把你多年来收藏的一幅幅珍贵的英国版画撕得粉碎，疯狂地砸烂了一切砸得动的，拿走了一切值得拿的。咱们花4年心血惨淡经营的家园毁于一旦。这还不解气，他们竟给你挂上一块大黑牌子，罚你跪在八仙桌上，接受批斗。桐桐本人也成了"狗崽子"，受尽欺凌。

自1961年6月你从柏各庄农场回京，至1980年7月这个老儿子出国深造，近20年间，他几乎跟你形影不离。在咸宁干校，他还看到了年满六旬的老爹在水田里吃力地弯下腰，气喘吁吁插秧的情景。他在美国上大学期间，曾在收入校刊的一篇英文作文中写下了这一段。

一句话，你幼时在本土见到了流落在外的白俄的下场，于是下定决心落叶归根。儿子却因为亲眼看到你所受的不公平待遇，才打定主意到异国他乡去开辟属于自己的一方净土。

你为孩子付出了很多很多，却从不想向他们索取什么。从你的遗稿中，我找到一篇《新春自勉》。没署日期，从行文看，该是1998年初所写。文中提到一个朴素的愿望："弥留时儿子能赶来看我咽气吗？像我当年妈妈倚着我死去那样？"

你放心。感谢现代交通的发达，你病危后，两个儿子先后都赶来了。所幸小儿子在11月间就曾回国一趟，返美前的最后一夜还是在病房里度过的。老大也在12月间回来看望过你，所以你总算尚清醒时跟两个学有所成、分别在美国和新加坡的大学执教的儿子长谈过。这一次，小儿子是他岳母家替我打的越洋电话。大儿子则颇费了些周折，他没有留电话号码。还是你的老友李蕤的女公子、远在武汉的宋致新多方设法给联系上的。

你的生命力真是顽强。虚岁九十的老人，一周未进食了。最后这几天，胃开始出血。原本一直健全的肝、肺等脏器也出现病变。大夫不时公布的数字吓得我没有勇气记下来。全靠几根管子支撑着，不见到大儿子，硬是不肯咽下这最后一口气。

11日下午5点多钟，大儿子手捧鲜花，终于露了面。奇迹出现了。在锃亮的灯光下，在儿子们喊爸爸的声浪中，大家都看到你的下巴朝他们动了动，眼皮也翕动着，似乎还睁开了一条缝，这样持续半响，心电图上就什么也不见了。

安息吧，老伴儿。1997 年住院之前，你曾细读过《陈寅恪的最后二十年》（陆键东著）一书，在空白处做了许多记号，原想写篇书评，终因住院而只得罢休。这位学贯中西、文史兼通、百年不遇的文化大师，竟惨死在"文革"浩劫中，不禁令人唏嘘。

相形之下，比他晚生二十载的你，就幸运多了。暮年躬逢盛世，边用药物延续着生命，向死神挑战，边创作和翻译了质量、数量都相当可观的作品，也不枉活了一辈子。你不但看到了 10 卷文集的出版，还在九旬生日的头一天，收到了敬爱的朱镕基总理的亲笔信，可以含笑于九泉之下了。

最后，我把从你 9 岁时起看着你长大、知你最深的冰心大姐写你的一段话录在下面，作为本文的结束：

"'饼干'（你小时的外号）这个人，我深深地知道他。他是个多才多艺的人，在文学创作上，他是个多面手，他会创作、会翻译、会评论、会报道……像他这样的什么都来一手的作家，在现代中国文坛上是罕见的。"（见李辉著《萧乾传》序，江苏文艺出版社 1993 年 9 月版。）

1999 年 4 月 2 日

文学姻缘

从打 7 岁起，父亲就使我养成了孜孜不倦地读书的习惯。当时我们住的那座四合院，有祖父、父亲和姐姐三代人买下的几屋子书，我们用不着去图书馆，就可以徜徉于书海中。

1935—1936 年间，我大姐文馥若（又名文桂新）以修微的笔名写了三篇小说和随笔，寄给《国闻周报》。不但都发表了，还收到编辑写来的热情洋溢的鼓励信，这件事无疑对我也产生了很大影响。

后来听姐姐说，《大公报·文艺》当时是年轻的作家兼记者萧乾主编的，《国闻周报》文艺栏也由他兼管，说不定那封信也是他写的。念高中时，又读萧乾的长篇小说《梦之谷》，留下了深刻的印象。

再一次听到萧乾的名字是 1953 年初，那时我已经由清华毕业，在出版社工作两年半了。一天，编辑部主任突然跑进我们的办公室来说："萧乾调到文学出版社来了，但他正在修改一部电影剧本，暂时不来上班。如果有什么稿子想请他加工，可以通过秘书送到他家里。"

因译作与萧乾结缘

我提请萧乾加工苏联小说《百万富翁》的中译文。此书当时社会上已有了三个译本，这是第四个了。译文生硬，在校对过程中，不断发现不通顺的句子，校样改到第五次仍不能付梓。虽不是我发的稿，我却主动承担了在校样上逐字校订的任务。

50年代初，很多苏联作品都是像这样根据英译本转译的。改完后，仍不满意，因为原来是直译的，佶屈聱牙，尽管下了不少功夫，我只做到了使译文"信达"，以我那时的文字功底，"雅"就做不到了。

十天后，校样改回来了，我琢磨了许久都未能改好的句子，经萧乾校订后，做到了融会贯通，甩掉了翻译腔，颇像创作了。这么一来，这最后一个译本，才真正做到了后来居上，超过了前三个译本。

按照制度，校样得退给校对科，我便把原文和原译文以及萧乾的改动都抄下来，研究该怎样校订和润色稿件。后来听说萧乾终于上班了，就在我们的楼下办公。

一天，我捧着蒋天佐译的美国作家杰克·伦敦的《荒野的呼唤》，并带上原书，去向萧乾请教一个句子。那是再版书，译者不肯照我的意思改。我不认识萧乾，是请和他同一个办公室的郭姓归侨介绍的。

萧乾的答复是，这个句子原意含糊，我提出的修改意见有道理，假若是我自己翻译，完全可以这么翻。但译者愿意那么译，也不能说他译错了。这不是黑白错，属于可改可不改的问题，既然是别人译的，还是以不改为宜。

在认识萧乾以前，我常常以自己 19 岁时能考上竞争性很强的清华大学，在校期间成绩名列前茅，走上工作岗位后，对编辑工作也能愉快胜任而沾沾自喜。但我了解到他的生涯后，常常以他在我这个年龄已做出多少成绩来鞭策自己。

编辑工作的质量和数量，很大程度上要靠本人的自觉。一个织布女工在机器前偷懒，马上会出废品；一个编辑加工稿件时马虎一点儿，毛病就不容易看出来。

阵地式译法

倘若说，和萧乾结婚以前，我已经以工作认真努力获得好评的话，在他的影响下，文字也逐渐变得洒脱一些了，好几位有名望的译者都对我加工过的稿子表示满意。

萧乾说，倘若他有心搞翻译，1949 年至 1954 年之间，有得是机会。但白天累了一天，晚上想听听音乐，休息休息，不愿意再熬夜搞翻译了。

我们结婚后，他在我的带动下接连译了三本书：《莎士比亚戏剧故事集》《大伟人江奈生·魏尔德传》和《好兵帅克》。

《莎士比亚戏剧故事集》印了 80 万部，1980 年还由商务印书馆出版了英汉对照本，其他两本也都曾再版。陈毅夫人张茜就曾不止一次地对我说，陈毅曾称赞《好兵帅克》的译笔，说文字幽默俏皮，表达了原著的风韵。

我对陈毅元帅居然有时间看翻译小说感到吃惊，然而一时语塞。张茜接着又补充了一句："下面还有呢。陈毅还说：'不像某些人的译文那样佶屈聱牙。'"

解放初期学习俄文蔚然成风。我之所以和俄语编辑张茜同过一间办公室，是因为 1954 年至 1957 年间我曾在苏联东欧编辑室凭着半路出家现啃的俄语做过 4 年编辑工作。1958 年资深老编审张梦麟生重病后，才把我调去接替他的工作，负责日本文学这一摊。

萧乾告诉我，他自己搞翻译是游击式的。就是说，并不抱住一位作家的作品译。但他更尊重阵地式的译法，就是集中译一位作者的全集，比如译契诃夫的汝龙和译巴尔扎克的傅雷。这么搞翻译，对作者理解更深，译笔也能更贴近原作。

反对死译和硬译

他反对死译或硬译，认为译文学作品，首先要抓住原作的精神。如果原文是悲怆的，译文却激发不出同样感情；或者原作幽默，译文却干巴巴，再忠实也是不忠实。

1957 年 7 月他开始受批判，直到 1979 年 2 月他的右派问题得到改正，这漫长的二十二年，对国家和个人来说，都是困难重重，谈不上什么成绩。1958 年 4 月他到唐山柏各庄农场劳动去了，前途渺茫，但当时幸而我能继续留在出版社工作，尽管多次搬家，总比流浪到外地要强多了。

萧乾的最大志愿还是搞创作，没有条件从事创作时他才搞翻译。1961 年春天，我听到一个可靠消息，说要把他从农场调回来翻译菲尔丁的《弃儿汤姆·琼斯的历史》，便作为一条特大喜讯，写信告诉他。他的反应之冷淡，使我大吃一惊。他在回信中写道："我对翻译这部小说，兴趣不大。"

他是最早调回来的一个，后来从其他人的工作安排中，他才知道能够搞翻译，算是最可羡慕的了。

严守文学工作

1980 年在香港回顾这段生活时，他是这么说的："我从 1957 年被打成右派以后……以为自己从此不能再搞文艺了……没想到还会有今天！当时要不靠那点外文，也许早就卖酱油去了。真的啊，1957 年以后，重新分配工作时，不少人改了行。我始终没离开文学工作，只不过从创作退到翻译，靠的还是我懂得点蝌蚪文吧！"

1966 年以前，向我约稿的还真不少，萧乾常劝我少揽一些。

我说我是"有求必应"，练练笔也是好的，熟能生巧。50年代初期我译《日本劳动者》时，曾五易其稿；十年后，萧乾在农场期间，我为《世界文学》杂志突击翻译的《心河》（宫本百合子著）、《架着双拐的人》（远藤周作著）都是一遍定稿，连底稿都未来得及打。

最有成果的时期

当然，萧乾回到北京后，我又产生了依赖心理，总想请他润色一遍再送出去。他也常说："我这辈子就准备给你当 ghost 了。"指的就是做些默默无闻的工作。

1979年2月，情况变了。对我们二人来说，这段岁月是最有成果的时期。尽管这期间我们各出了七次国（六次是一起去的，另外，他单独去了一次美国，我单独去了一次日本），他还动了大大小小五次手术，他却把旧作全部整理出来，由几家出版社分别出版。另外还新写了几十万字，大部分是由我誊清的。

其实，外面不难找到抄稿者，费用也不高，但是如果让别人抄，就得注意把字写得工整，免得人家认不得。这样，思维就受到限制，效率也会降低。不论他写得多么潦草，我都能辨认，而且总能找出一些问题，他说我有看家本领。

他常念叨要跑好人生这最后一圈，我也感到惊讶，想不到他还真有股后劲。在美国的小儿子多次劝他把自己看作一个提鸟笼逛公园的老人，做工作是饶的，不做工作是应该的。但我不能想象一个头脑完全静止下来的萧乾。他固然也去公园散步，打打太极拳，那都是为了更好地写作。

近几年我才译了几部真正有艺术价值的日本作品，如泉镜花的《高野圣僧》、幸田露伴的《五重塔》等，但不再给他看了。我写的随笔、评论、序言等，则仍请他寓目。

三十几年来，我不断地向他学习写作方法。我没当过记者，但我知道他最反感的是那些对他一无所知的采访者。

1985年6月至1986年6月，我只身重返日本东京，研究日本文学。

夫妻合作无间

一次，香港《文艺》杂志约我写一篇远藤周作访问记。我事先把几家图书馆所藏的二十几本远藤的作品全看了，想好了问题，按照电话里约定的那样只采访了一小时，便写出一篇3000字的访问记《早春东瀛访远藤》，编辑部一字未改地予以发表了。

我们二人最喜欢用的字是"team work"（合作），每逢我们一方有了紧急任务，就共同协助完成它。老三桐儿还没正式学英文就听懂了这个字。他小时看见我成天伏案工作，就说："我长大了，当什么也不当编辑，太苦啦！"他确实没有当编辑，然而如今在美国费城，还是经常作画到深夜。

我有时想，倘若孩子不是生长在这么个环境下，而耳濡目染的是赌博、吸毒，他会成长为一个什么样的人呢？我有时两三点钟才睡，萧乾则习惯早睡早起，我几乎刚躺下，他已起床到书房去写作了。

经过几十年的风风雨雨，目前我们这套普通单元房里，依然像我小时候那样，间间屋子都摆满了书。所不同的是，其中不少是我们自己所写、所译、所编的。三个儿女均不在身边，有一个去年夏天才成家。从人口看，我们家可以说十分冷清，含饴弄孙还不知是何年何月的事。然而我们并不寂寞，因为我们有做不完的工作，并且生活在书丛中。

萧乾常说："搞文字工作的人退休后照样能写能译。"我们最大的乐趣就是埋头笔耕。我们合译的《尤利西斯》问世后，我就投入了六十几万字的日本长篇小说《东京人》（川端康成著）的翻译工作。萧乾则继《一个中国记者看"二战"》后，又写了几十篇"余墨"，为他即将出版的多卷集作注脚，我们的家就像是座文字作坊。

我于十年前退休后，一天也没闲，反而比在职时更忙了。萧乾则早在70年代初就曾被动员退休，本人也同意了，只因当时他在北京根本没有落脚之地，民政局不接受，只好继续待在湖北咸宁"五七干校"。没承想，87岁的今天，他仍在任上，在写作之余，不时地还得接受采访，开会，总是忙个不停。

我们常常说，现在过的也许是平生最美好稳定的日子了。

最主要的是两个人都还能工作，也真有的可干。只要有活儿干，又还能干，我就心满意足。我珍爱我们这个小作坊。

1997 年 4 月 15 日

温馨的回忆

　　我和萧乾一道生活的 45 年间，相片可没少照。尤其是改革开放以来，联袂出国九次，国内也跑了很多地方，到处留影。然而我对婚后他自拍的一张黑白照，情有独钟。因为只要瞧见它，就会勾起我一连串温馨的回忆。

　　我们连一天婚假也没请，更不曾举行任何仪式。1954 年 4 月 30 日，利用午休时间，我们去领了结婚证。下班后，就又前往东四八条 30 号中院的小耳房。打从我参加工作起，我和姐姐、母亲就住在那里。萧乾雇来了两辆三轮车，我坐上一辆，脚底下放了一只装有随身衣物的小黄皮箱。另一辆载着旧衣柜——我唯一的嫁妆。他骑着那辆 1946 年从英国带回来的半旧自行车在前面引路，穿过北小街、南小街，来到了东总布胡同 46 号的作家协会宿舍。分给他的是后院的三间小西屋，每间不足 10 平方米。南头是保姆房兼厨房。在当中那间吃饭，沿墙摆了张小床，给幼儿园大班夜，我还在灯下突击一部等着退厂的校样，不看完不上床，使第四次做新郎官的萧乾目瞪口呆。

　　第二天是五一节，我照例去游行，他上了观礼台。下午，我们以那只衣柜为背景，他坐在单人沙发上，我坐在沙发扶手上，照了张合影。

40 年后，萧乾因《一对老人，两个车间》一文获双星杯"中国人一日"征文荣誉奖。其实，自从我搬进了那间小西屋，它就成了我们的第一个车间。日后，萧乾曾把我比作蜜蜂、蚂蚁、拖着他跑的"火车头"。他也变得跟我一样勤奋，工作效率却比我高多了。西洋古典音乐和中国相声，小动物和花草，只不过是用来调剂生活的，他用文字构筑着金字塔。能搞创作最为理想，不让搞创作，就退而求其次，埋头搞翻译。在这间西屋里，短短的三年之内，他译完了《莎士比亚戏剧故事集》《好兵帅克》《大伟人江奈生·魏尔德传》，均出版于 1956 年。还写了《幸福在萌芽》《关于亨利·菲尔丁》《好日子》《亨利·菲尔丁》《伟大的现实主义作家菲尔丁》《文艺小品哪里去了》《一篇拒绝"点题"的文章》《凤凰坡上》《萧伯纳二三事》《大象与大纲》《餐车里的美学》《草原即景》《万里赶羊》《初冬过三峡》《人民教师刘景昆》《时代正在草原上飞跃》等 16 篇随笔、散文、特写、论文。连写带译，统共约达 66 万字。那是他情绪饱满、精力旺盛的三年，不论写还是译，都游刃有余。像《好兵帅克》，他有时每天能译 7000 字，而《餐车里的美学》《初冬过三峡》等文，都是一气呵成。倘若我们婚后的 45 个年头，一直允许他照这个势头工作下去，他的创作全集和翻译全集的字数原是可以翻一番的。

萧乾去世后，我从他的遗物中，找到了一封他留给我的短信。200 字的信中，三次提到"家"：

洁若，感谢你，使我这游魂在 1954 年终于有了个家——而且是幸福稳定的家。同你在一起，我常觉得自己很不配。你一生那么纯洁、干净、忠诚，而我是个浪子。谢谢你使我的灵魂自 1954 年就安顿下来。我有了真正的家。我的 10 卷集，一大半是在你的爱抚支持下写的，写得太少了，很惭愧。能这样，还不能不感激你。

乾

1998 年 12 月 12 日

我和萧乾结婚后，多半是由于政治上的原因（1957 年、1966 年），辗转搬了 10 次家。复兴门外的这个平民楼，是他唯一住满过 14 年（1983—1997）的地方。今年 2 月 5 日，当他进入半昏迷状态后，不断地念叨"回家，回家"，我想他指的就是这四室一厅的单元房了。我把小九妹（我大舅最小的女儿）替我们放大成十二寸并上了色的这幅照片挂在客厅最醒目的所在，每次看到它，就觉得老伴儿依然和我在一起。他没有走，他在中国现代文学史上留下了痕迹，他将和喜欢他的作品的读者一道进入 21 世纪。

1999 年 6 月 19 日

萧乾、铁柱、桐儿还有荔子

我们的女儿出生的当天（1955年1月30日），萧乾在台历上写道："荔子诞生了。"由于离了婚的前妻留下个儿子，作爸爸的一直盼望要个女儿。我们早就说好，如果是女儿，就取名荔子，那是他的短篇小说《俘虏》的女主人公的名字。当时我们住在作协宿舍的三小间西屋里。萧乾和我住一间，在堂屋吃饭，摆张床给7岁的老大睡。另一间是保姆房兼厨房。我抱着荔子出院后，直接到母亲家去，交给她和三姐常韦照看。产假期满后，我回宿舍去住，每周去看娃娃两次。萧乾把老大惯得不像样子，所幸他爱听故事，所以我每晚给他讲故事，直到他入睡。多年后，我才意识到，三个子女中，最被忽略的其实是萧荔。然而天下没有卖后悔药的，失去了的光阴，没有办法换回了。

1956年6月，我姐姐住院去治足疾。幸而这时老大已住宿，只是周末和寒暑假回家。我们把荔子接回宿舍，由保姆照看。院子里的人都说："这孩子真像爸爸。即使独自走到街上去都丢不了，准会有熟人认出是作家萧乾的女儿给送回来。"

1956年是新中国成立后萧乾最忙碌、多产的一年。国庆节前夕，他从内蒙古回来了，准备写《万里赶羊》。这时从学校回家度假的铁柱突然发起高烧来。经作协医务所的孟大夫出诊来诊查，患的是猩红热。她说孩子小，不宜送传染病医院，她有特效药。每天上门给打针，等烧退了，就没什么问题了。确诊为猩红热后，我马上雇辆三轮车，抱着荔子躲到母亲家去，由萧乾在保姆的帮助下护理病儿。到了 10 月 4 日，萧乾打电话到我的办公室来说，至今他一个字也写不出来，想次日一早到西山作协招待所去写，问我能否自当天晚上起就回宿舍来住。

其实，当时我正怀着身孕，但我完全没考虑胎儿的命运，一口就答应了。因为我知道，他多渴望去搞创作。《万里赶羊》是 10 月 12 日搁笔的，在《人民日报》上发表后，曾在读者当中引起强烈反响。铁柱进入恢复期后，我还每天给他补习国语和算术。乃至他三周后回学校，在家学习的进度竟超过了学校所教的。这时萧乾正陪着西德作家在全中国到处转悠。当他抵达广州时，收到老三桐儿出生的电报："男，八磅。"桐儿是比预产期提前二十天，于 11 月 10 日来到人间的，生后二十天，他爸爸才回到家里。

转年就是大鸣大放。1958 年 4 月，萧乾戴上了"右派分子"的帽子，被勒令到柏各庄农场去从事"监督劳动"。我是当年 1 月初就下放到丰润县去劳动锻炼的。闻讯告假回京，把荔子送到文化部幼儿园去全托，将老三桐儿送到我母亲家去。考虑母亲年迈，让看桐儿的小保姆也跟着去了。在新华社工作的弟弟文学朴当时还未成家，他答应帮我们照看老大，周末和寒暑假安排他住在本社招待所。将子女们安顿毕，我们两人就分别奔向农场和村庄。当年11月，我结束劳动，回到人民文学出版社，继续做编辑工作。使我受震撼的是荔子性格上的变化。原来聪明活泼开朗的荔子，小小年纪变得沉默寡言，也不大笑了。爸爸离家时，哥哥已懂事，弟弟则完全不懂事，像荔子这样半懂不懂事的年龄，最难以承受爸爸忽然不见了的事实。

到了1977年，命运又突然来了个大转折：恢复高考。铁柱一向很有主意，"文革"期间，他没跟着同校毕业生到内蒙古去插队，却于1969年独自跑到江西搜集民歌去了。那里虽没有接受北京知青的任务，却也找到一家农户住了下来。也不知他劳动了几天，反正萧乾除了每月固定的二十元外，另外也没少给他汇钱。因此插队期间他得以埋头读书。萧乾用"大方向是对的"一语来表示对儿子的支持。"大方向"是插队，虽没去内蒙古，总归去了农村，所以"大方向是对的"。同一时期，在干校劳动的女儿却只肯接受每月三元的零用钱。1971年底，她回来当上了北京市13路无轨电车的一名售票员，把少得可怜的工资用来帮助家境困难的同事，每月只在伙食上花六元，终于把身体拖垮了。小儿子在干校时期就跟着爸爸学英语，高中毕业后，1976年去平谷县插队。后来，还经常跟爸爸用英语通信。所以他在一天也没时间复习的情况下，考上了北师大英语系。老大则直接考入了人大研究院。以后他们又分别赴美留学，若干年后，哥哥在新加坡，弟弟在美国当上了教授。

最吃亏的又是荔子。在干校曾经被誉为"活雷锋"的她，后来当了九年售票员，并兼了不少社会活动。到了1977年已积劳成疾，辗转到外地求医。1983年3月，她病愈回家，以无比顽强的毅力，两年之内拿到了高等学院自学成才的文凭。1985年8月，她赴美留学，读完大学就找到了一份平凡的工作。去年爸爸病危，她因恰好不在美国，没接到通知，未能像哥哥、弟弟那样赶回北京为爸爸送终。但我相信萧乾九泉之下是会谅解的，因为他一向钦佩女儿崇高的人品。

萧乾致邵绍红的五封信

1996 年，萧乾给邵洵美的女儿邵绍红写了五封信，全文如下：

（一）

绍红同志：

告示诵悉。我不曾有幸会过令尊洵美先生，他似应长我一辈，而且 30 年代初我在北平。杨刚似有可能同他有过交往。

"世纪"编务由上海文史馆负责。我现把尊函转给那里，由"世纪"编辑部正式奉复吧。

匆问

文棋

萧乾

九六．三．五

（二）

绡红女士：示悉。所询 20 年代事，我因当时还年轻（今年刚八六），又住在北京，许多事我不清楚，现努力奉复如下：

（一）Ferguson 当时似名福开森

（二）*North China Daily News* 似为《学林西报》

（三）Donald 为端纳

（四）Gunther 为根舍

（五）Hollington Tong 姓董，名已忘，可查那时年鉴

（六）*Free China* 确为自由中国。

（七）*China to Me*，似应为我眼中的中国（直译）

匆复问好

我住 100045 北京复外 21-2-317 室

萧乾

九六.四.四

（三）

绡红同志：

谢谢来信。

我建议你把所掌握的有关令尊的事，写成文章，寄给《上海滩》（杂志）。因洵美先生是上海闻人，对文化文学事业贡献均很大。《上海滩》是一份十分重视的月刊（可附多幅照片）。你也可附上我这封信，作为推荐。一定是篇好文章。题目可作“我的爸爸邵洵美”。北京的《人物》或《传记文学》也会愿意刊登。除了附照片，最好再附一页手稿，他的字也秀丽出色。

《上海滩》地址曾经是 200031 上海延庆路 141 号（可能搬了）

《人物》是北京 100706 朝内大街 166 号

希望你用心写。篇幅可略长，但要写得利落。

祝

好

萧乾

九六.五.十五

（四）

绡红同志：

顷接到刚出版的《上海滩》。其最新地址为：200031 上海延庆路 141 号，可寄给主编同志。

（五）

绡红同志：

谢你的信及照片。

希望鼓起勇气来。有杨苡作第一读者，就更有把握了，建议你先写个提纲，把特别与文学艺术有关的事迹列出，有了骨再长肉。一定可以写好。

可以给①北京人民文学出版社《新文学史料》主编李启伦，②也可给《上海滩》。前者更有学术地位，一般读者均永久保存。匆问

近安

萧乾

九六．七．十一

令尊除作家，还是艺术家，他的画别具风格，文也应写到。

2005 年 8 月 8 日，我有幸收到邵绡红所著《我的爸爸邵洵美》，看了好几遍。我特别想知道邵洵美为何于 1958 年 10 月被捕，关了 3 年 7 个月。原来他竟然迂阔到用笔名给远在美国的项美丽写了封英文信，托叶灵凤回香港后代发。岂料此信被有关方面截住了，遂引起怀疑。

其实，邵洵美本来还有"坦白从宽"的机会。上海市越剧团的党支部书记苏石风再三上门来劝他主动向政府交代历史，但他坚持赶译完手头的稿子再说。一两天后，他以"外国特务"的罪名被捕，正赶上三年困难时期，无罪释放出来时，身体已经垮了。

相形之下，萧乾极其谨慎。1949 年 8 月离开香港回北平故里之前，他给海外友人统统发了信，声明今后连贺年片也不能交换了。因为他对 30 年代中期的苏联以及战后的东欧，了如指掌，知道像他这样曾旅居外国者，对海外关系应格外慎重。新中国成立后，他与同在北京的美国堂嫂也断绝了来往。1979 年他赴美之际，专程到洛杉矶去和安娜共度圣诞佳节。她是 1974 年回祖国的。而后，她的五个儿孙分作三批赴美，与她团聚。我和萧乾于 1983 年联袂访美时，他们一家三代人专程从洛杉矶驾车到圣迭戈来看望我们，留下了一批珍贵的照片。

在不正常的岁月，萧乾小心翼翼，如履薄冰。他最大的幸运是能够在新时期又翻又写又编，过了二十年充实而富于成果的日子。《老子》第五十八章有云："祸兮，福之所倚；福兮，祸之所伏。"1980年9月，萧乾被取消了参加访英代表团并任秘书的资格。萧乾认为乔冠华通知他时，明显地表示了对他的不信任。于是，他连忙写了一篇一万四千字的《自传》，文后注明1950年9月10日搁笔。难能可贵的是他在空白处把于道泉、陈叔亮等当时还健在的社会关系（共三十余人）交代得详详细细，有助于组织上把他的经历查清楚。1996年萧乾才从老友严文井口中得悉，早在1956年就已审查清楚了。文化大革命期间，曾任北京图书馆馆长的张铁弦天天发愁，念叨："我没有起死回生之术。"能够证明他的某段历史的人已去世，他得终生背黑锅。刘尊祺要比张铁弦幸运多了。萧乾在1994年写了一篇《悼尊祺》，指出倘若没有70年代后期的拨乱反正，尊祺会屈死于洞庭湖心的一座农场里。尊祺是萧乾在国际新闻局任职时的上司，局长乔冠华由于主要岗位在外交部，每周只来半天。整个局的运转由副局长刘尊祺负责。肃反运动中，他被揪出来，送去劳改。进入新时期，一位东北大学校长在弥留之际替他写了材料，这才得以平反。否则他就只能成冤死鬼。

解放初期，上海市委宣传部部长夏衍很关心邵洵美，他曾两次登门拜访邵，第二次是和周扬一道去的。1939年杨刚译的《论持久战》在《公正评论》上发表后，邵洵美冒着生命危险将它印成单行本，广为散发，并把其中的一本塞进英文书的夹缝里。如今，他把此书交给了周、夏二位。周、夏还替邵联系过去复旦大学执教一事。复旦大学外文系尽管欢迎他去任教，但根据他的学历，只能任二级教授。他不肯屈就，又错失良机。被捕前，他曾担任人民文学出版社的特约译者。出狱后，他的病情有所好转，重新译起书来。然而文化大革命开始后，出版社把每月二百元的预支稿费减为八十元。邵洵美的心脏病频频发作，预支稿费突然停发了。从此，他连一分钱的收入也没有了。亏得老友施蛰存每月接济他五十元，但只顾得上吃和其他用度，不够看病的。邵的忘年交王科一于1968年3月被迫害致死后，邵心灰意冷，明知道患心脏病的人禁忌鸦片，他却天天服鸦片精，不出一个月，竟追随王科一而去，年仅62岁！

萧乾于1958年被错划为右派分子后，起初让他当人民文学出版社的特约译者，临时又改为到渤海湾柏各庄农场去从事监督劳动。表面上是祸，骨子里是福。1961年6月，他被调到人民文学出版社编译所去翻译古典文学作品，有了编制，也能享受公费医疗了。"文革"伊始，出版社停发了几位专业译者的预支稿费，周作人、钱稻孙先后写信给我询问是怎么回事。我写回信说，已把来函转给本社财务科，请他们直接答复。进入红八月，78岁的钱稻孙被活活打死，周作人挨到1967年5月，也一命呜呼。翻译马克温作品的张友松被打得头破血流，弄瞎了一只眼，跑到出版社来求救，无人理睬。另外一位特约译者汝龙想跟着出版社的大队人马去五七干校，也遭到拒绝。那年头，单位的"牛棚"俨然是避风港，最可怕的是街道上的乌合之众。

进入新时期，萧乾不遗余力地为杨刚搜集遗稿。他编选的《杨刚文集》于1984年7月由人民文学出版社出版，印了八千四百册。封面题字：夏衍。序：胡乔木。献辞：邓颖超。编后记：萧乾。规格可谓高矣。奇怪的是，杨刚年表根本没提到翻译《论持久战》一事。说不定与《杨刚文集》出版时，邵洵美尚未正式平反有关。盛佩玉是1985年10月才收到上海市公安局的公函的。上面写道："经复查，邵洵美历史上的问题不属反革命，1958年10月将其以反革命逮捕不当，予以纠正。"

萧乾和我的忘年交王辛是香港女作家王璞的胞妹。王璞写了一部《项美丽在上海》，今年1月由人民文学出版社出版。其中很大篇幅是写邵洵美的。本月18日，邵绡红、王辛和我聚会，畅谈往事，缅怀故人，回国探亲的儿子萧桐（旅美画家），为我们三人拍了一张合影，留作纪念。

2005年8月26日

梦之谷奇遇

一

1945年我念高三，第一次读了萧乾的长篇小说《梦之谷》。那时我18岁，刚好是书中的男女主人公谈恋爱的那个年龄。20世纪20年代末叶在潮州发生的那场恋爱悲剧，曾深深牵动过我的心，8年后，命运使我和萧乾（也就是小说的作者）结缡时，我曾问过他可曾听到过那位"大眼睛的潮州姑娘"的下落，他听了感到茫然，仿佛不想再去回首往事。

80年代初，由于一次偶然的机缘，他和书中的"岷姑娘"（真名陈树贞，是位已退休的护士）联系上了，知道她母亲（书中的梁太太）几年前已经去世。树贞本人由于遗传的原因，几年前目力就逐渐衰退，终于失明。生活不能自理，三年前回到故乡汕头，住在她童年住过的礐石——也就是《梦之谷》故事的背景。

1987年2月，我们有机会来到汕头，住进第一招待所八号楼朝南的一个房间。安顿下来后，萧乾就招呼我到阳台上，指着对海一道远山对我说:"瞧,那就是蜈蚣岭,我的梦之谷就在半山。"

是个半晴天,晦暗的阳光下,还弥漫着一层灰雾。我想起书中描写男主人公60年前初到这南海小岛(现在才知道它原来是个半岛)的情景。如今,我竟陪他来到了这个旧游之地。正因为我本人一生的经历是那么平淡无奇,对于寻访萧乾少年时代的梦,我感到格外殷切。

我们抵汕的第一项活动就是游岩石。几十年前,过海要雇舢板或搭电船,而今,我们的面包车径直开上了驳船。抵达对岸后,车子上了柏油马路。几位熟悉情况的当地同志一路介绍情况,像是在帮助萧乾填补这60年的空白,把过去与现实衔接起来。

同行的丽秋曾于50年代初在岩石中学(现名金山中学)读过几年书。当时,周围的环境和小说中所描写的差不多。她看着马路两旁兜售柑橘、甘蔗等招徕游客的摊贩感慨地说:"当年这可是一条幽静的小径,满是桃花,我们都读过《梦之谷》,在这里跑来跑去时,觉得自己仿佛就生活在梦之谷里。"她曾写过一篇散文《梦之谷里的梦》,发表在《羊城晚报·花地》上,以寄托她对当年的岩石的依恋。

我们在一栋石壁小屋里找到了陈树贞。她神情开朗,两眼睁得大大的,怎么也看不出是位盲者。她亲切地回忆当年"乾哥"怎样教她们唱《葡萄仙子》和《麻雀与小孩》,并且告诉我,她们一家人于 1934 年迁居北京时，萧乾还专程到塘沽去迎接呢。

在贝满念完高中后，她考进协和护士学校。她母亲是 1982 年 80 多岁时去世的。阿贞的大哥（书中的庆云）也已去世，她目前和大嫂（已经七十多岁了）住在一起，两个人相依为命。我问大嫂："当年萧乾串门时，你们就住在这儿吗？"

她说："不在这儿。这房子是后来租的，比那一座小。可是灶间和当年给乾哥煮芋粥的那个一模一样。"

半个多世纪的岁月竟没有给这一家人的生活方式带来多少变化！他们至今连自来水还没有，喝的依然是井水，只是当年的少妇（阿贞的大嫂），如今已变成老奶奶了。

小小的屋子，一下子挤进七八个人。椅子不够了，我和萧乾把阿贞夹在中间，坐在床上；各握着她的一只手。她怎么也不相信萧乾的头都秃了，伸手去摸了摸，才信服。

我对阿贞说："我一直纳闷，你的眼睛看不见，信怎么写得那么工整。"

她得意地笑了笑说："不但给你们的信是我亲手写的，我还是全家的秘书呢！要不要表演一下给你们看？"

原来她的大嫂患了白内障，侄女由于遗传上的原因，视力也在减退。她们三人常常自己开玩笑说："我们一家二口，只有两只眼睛。"指的是大嫂和侄女各一只加在一起，才勉强算得上一双。对自身的际遇如此豁达，倒使我挺感动。

阿贞叫侄女递给她一本硬皮书，她摸索着把白纸摊在封皮上，每写完一行，便沿着边儿把纸推上去一厘米左右。接着又唰唰唰地写下去。纸上出现了这么几行字：

今天乾哥和乾嫂并好几位领导来看我们，真是高兴。

陈树贞　二月六日

在小说里，庆云是独子，岷姑娘是梁师母的侄女。在实际生活中，"岷姑娘"陈树贞的母亲陈太太有三儿一女。阿贞丧母后，和患肺病的小弟树雄同住在天津。唐山大地震时，天津也有不少房屋倒塌，弟弟连惊带累，终于死在医院了。阿贞的生活不能自理，她虽已退休，医院里的同志们还轮流来她家照应，直到在武汉的二弟把她接去住了一个时期，最后回到汕头和大嫂同住。阿贞带着感激的心情诉说着这一切。新中国成立后的风风雨雨，似乎从来没波及她。

叙了一会儿旧，我们又前往金山中学，看看萧乾当年教书的旧址。

萧乾四下里打量着，竭力去辨认往昔的痕迹。他指着高处一座灰色旧楼对我说："那——那就是我教过波波摸佛的地方！"然而当年他住过的那栋白色的楼，像是已经拆掉了。

我们参观了校园。操场南头一栋旧楼是西讲堂，东讲堂已划给另一个单位了。萧乾还认出了昔日林校长住过的那栋灰楼。

近年来，峇石已辟为汕头的风景区，从前人迹罕至，现在修成了海滨公园，山巅还建起了一座飘然亭。可是玉塘则再也不是山峦环抱、树丛遮掩下的世外桃源，它像梦一样地消逝了。

二

这一天早晨，我瞥见有两位来客正跟萧乾悄声谈着什么，看样子在回避着我。出于好奇，我就走过去问道："你们谈什么秘密呀，这么鬼鬼祟祟！"

那二位的脸上泛出困惑的神色，萧乾既兴奋又踌躇地对我说："他们正在告诉我，原来《梦之谷》里女主人公盈姑娘的原型萧曙雯还活着，并且就住在汕头……"

我对来客说："假若萧乾不便去见她，我倒真想去看望看望她呢。"

曙雯小时因不能忍受后母的虐待，老早就脱离了家庭，15岁读小学五年级时，经同学介绍，曾加入共青团，并当过儿童团辅导员。在白色恐怖下，她与地下党经常保持联系，替地委当过通讯员。贺龙和叶挺将军率红军入汕时，她又冒着生命危险，在街头贴标语，散发传单。当时她有21个同伴被杀害，她是少数幸存者之一。

曙雯因交不起学费，小学毕业后就在汕头湘雅百货公司当店员。一次，姓陈的小学校长到店里来买东西，见到她就一口答应资助她升学，因而便考进了萧乾当时任教的岩石中学。这是

1928年，后来那个已有家室、不怀好意的校长向她求婚，她坚决拒绝，并且转学韩山师范专科班。那校长又勾结韩山师范的训育主任陈某，检查、扣留她的私信，并且对她施加压力，威胁她说，不答应婚事就宰了她，她意识到处境危险，只好敷衍说，等毕业后再结婚。她同萧乾的恋爱悲剧大约就发生在这期间。毕业时陈又来纠缠，但她始终没屈服，最后还是同一位复旦大学毕业的教师结了婚。

小说《梦之谷》结尾时，盈是个被土豪劣绅吞噬了的弱女子，而现实生活中，萧曙雯却是位具有顽强意志、有胆有识的女子。

萧曙雯把一生都献给了小学教育。自1932年起，她就在金浦乡小和汕头市第三小学当教员。日军侵占潮汕后，她同丈夫用扁担一头挑着孩子，另一头挑行李逃难。由于她能教国语、美术、音乐、手工四门课，所以教学从未中断过。扁担挑到哪儿，她就教到哪儿。

1957年她被错划为右派。"文革"期间，又被诬为国民党潜伏特务，三次遭到抄家。1970年被迫迁至一间破板屋，原住房由另一户人家强占。儿子也被赶到农村去劳动。

几个月后，那间板屋的主人由海南岛回来，将她那点家当一股脑儿丢在街上。她丈夫是位老实人，心情郁闷，患肝癌死去。那以后，这位小学教员就真的以课堂为家了：白天教书，晚上就用课桌拼成床睡在上面。清早，趁学生还没来上课，又把桌子重新摆好。铺盖卷起丢到走廊里。她居然就这样生活了九年！目前总算熬到有了个固定摆床铺的地方，然而屋子上漏下淹，难以下脚。有两个儿子在外地，唯一留在汕头的儿子也无法住在一起。

听到曙雯一生这不寻常的经历和眼下的处境，我更认为应该去看看她。我问萧乾："咱们不一定再有机会来了，你去见她一面吗？"

他沉吟了好半晌才说："不啦。我也像亚瑟·魏理那样，为了保持早年那个美好的印象，同时也让她心目中的我依然是个小伙子，还是不去的好。而且，去了对两个人都是太大的刺激，心脏也怕吃不消。"他要我代表他去探望这位老教师。

魏理是英国一位汉学家。40年代初，萧乾问他为什么不去中国访问，他说，他希望在脑海里永远保存唐诗里留给他的古代中国的形象。

潮州那次初恋失败之后，那个长篇的主题在萧乾的脑子里酝酿了七八年才形成。然而小说毕竟是小说，实际生活中，曙雯当时就在他班上，并不是另一家女子师范的学生。书中演戏的情节也完全是虚构的。作品中写了三个性格不同的姑娘，其实，当时岷姑娘的原型陈树贞还只有10岁。作者显然是把后来才到京协和医院来学护士的她，搬到数年前的汕头去了。

三

阴历大年初三，汕头市为期六天的迎春联欢会正值高潮。盛装的人们涌向市体育馆，观看"万众同乐"文艺晚会的演出。

萧乾留在招待所里，我与陪同的小蔡逶迤行来，不久就到了新兴路小学校的大门口。我蓦地想到命运多么离奇，小说中的那个少年，将近60年来走南闯北，跑遍了大半个地球；而那位少女呢，则始终围着汕头市这一带转。

小蔡说："请你在门外等一等，她受了这么多年的挫折，只怕突然来了生人，会受刺激。"

过一会儿，小蔡挥手招呼我进去。那是个方形院子，北面是三层楼的教室，他把我引向西侧的一间小屋。门是虚掩着的。一进去，一股难闻的气味扑鼻而来。"文革"期间，我也曾在低劣的居住环境下被各种异臭困扰过，但最近几年已经淡忘了。

等我的眼睛对昏暗习惯了，才看清半旧的竹床是室内唯一的一件像样的家具——它几乎占去了一半面积。从墙后传来了哗哗的水声。小蔡低声告诉我："她在洗澡，隔壁就是冲凉房。"

他又朝房间的右壁指了指，说："隔壁是供全校师生使用的公共厕所，又不是抽水的，臭气就是从那里来的！"

我眼前倏地浮现出《梦之谷》中的一段情景：男主人公最后一次去看望女主人时，她病病歪歪地躺在私立进德小学的一间屋子里。58年后，她依然住在一家小学里。

小蔡把电灯拧亮了。这是一间不足七平方米的小屋，紧贴着厕所的墙角下，有个小土炉，上面架着只旧铝锅。旁边是一堆木屑、树枝。我正四下里打量着，锅里居然冒出白气，咕嘟咕嘟地直把锅盖往上顶。

冲凉声停了。

院中传来小蔡叽里咕噜用潮州话介绍情况的声音。照事先商定的，我是作为北京的一个记者来看望她的。

出现在我眼前的是一位形容枯槁的老年妇女，她的腰板还是挺直的，看上去身体硬朗。衣服整洁。但昔日油黑的头发，如今早已花白；秀丽如水的大眼睛，也早已失去了光彩。当然，我们不可能在一位年近八旬的老妪身上找到她少女时的风韵，但摧残她的，难道仅仅是无情的岁月吗？

我和她并肩坐在床沿上。屋里看不见热水瓶或茶壶，她当然也没有张罗泡茶。虽然小蔡已经用潮州话介绍过，我还是用普通话这么开了腔：

"我是北京的一个记者，这次是到汕头来采访春节联欢会的。年轻的时候我就读过《梦之谷》，也和作者萧乾同志认识。多年来，他一直担心那部小说会不会给你带来不幸。"

这话像是勾起了什么痛苦的回忆。她紧锁双眉，定睛望着我，慢条斯理地说："1957年我被错划为右派倒不是因为那本书，而是因为我在'大鸣大放'时候给校长提过意见。"

虽然带着潮汕口音，她的普通话说得还很不错。照小说所讲，她的父亲是驻扎广州郊外的绿营旗人。

我又问道："你可知道萧乾也在1957年戴过右派帽子吗？"

"怎么不知道！还有人故意把《人民日报》上批判他的文章贴在我们门上哩。"

我惊讶地说："《梦之谷》只是在1938年印过一版，正赶上抗战，新中国成立后，直到80年代才又重排出版。而且，那毕竟是小说呀。为什么这么多年后还要把作者和你拉在一起！"曙雯摇头说，"这里的人可不把它看作是小说。他们把书里所写的都当成是真人真事。'文革'前，我一直保存着一本《梦之谷》。"

我说："读过这本书的人，对于书里的男女主人公都只有一腔同情，对您的美丽影子，尤其留有印象。恨的只是那有钱有势的校董和那时的社会。我听小蔡说，您受了不少苦，想不到身体还这么硬朗。"

"我每天早晨都去中山公园，锻炼一下身体。"

听得出这是位意志倔强的女性。我对她肃然起敬。萧乾曾告诉我，他最后是在中山公园和曙雯分手的。

我说："昨天晚上我曾到中山公园去看花灯。今天本来在广东潮剧院一团演出的潮州戏《八宝与狄青》，为了来拜访您，我放弃了。"

她听了却无限遗憾地说："哎呀，多可惜呀！听说很不容易弄到票哩。连我们校长都没弄到。"

真高兴她对生活还表现得这么热切。

这时,她那双眼睛放出了喜悦的光辉。我记起她原是教音乐的,而且至今还有兴致弹琴。

她接着问起萧乾目前的家庭状况,我简单地介绍说,他结了婚,有三个子女,晚年很不错。她听得很认真,像是感到欣慰。我还说:"萧乾也曾在一间八平方米'门洞'里住过几年。门口就是尿池子,全院子几十口人都往里面倒尿,有时甚至还倒屎。不过,粉碎'四人帮'后,这八年来总算调整了,一步步地得到改善。想不到你当了一辈子小学教师,至今住得还这么糟。"她站起来,指指冲凉房说:"现在还好多了呢。我也经过了两次改善。这间屋子本来是通到冲凉房的过道,当初我只不过是在过道上摆了张床。冲凉的人出来进去都从我床边过,溅得满屋子都是水,还净丢东西。现在好歹把冲凉房隔了出去,成为单独的屋子了。在住进过道以前,足足有九年,我连摆张床的地方也没有哩。"

我暗自思忖,我们所遭遇的,跟她比起来,真是小巫见大巫了。"那么,在哪儿做饭呢?"

"本来开水房有个炉子,但那年头人家说,怕我这个摘帽右派下毒药,毒害革命师生,不许我用。我就把那只炉子放在屋檐下,拾些柴禾。饭煮得半生不熟,凑凑合合吃下去。"

"萧乾曾对我说,《梦之谷》不是纪实的报告文学,而是小说。所以虽然其中主要情节有事实根据，但也有不少虚构的地方。他描述去进德小学看望您那次，曾联想到《茶花女》的女主人公。他一直不明白，当年您为什么改变了主意，不跟他去北京？"

曙雯说："当时我担心他再不离开汕头，姓陈的会对他下毒手。我就是要他赶快走。其实，萧乾走的那天，我也悄悄地跟到码头上，原想跳上船，和他一道走的。可我看到有四个掖着手枪的汉子守在码头上。当时的情势是：他一个人走，他们就会放他走掉。如果我也上船，他们就会对他下毒手，把他干掉。所以我没敢上去。"

我原是想同她——一部描写初恋的小说中的女主人公谈谈往事的，看来她更关心的是尽早摆脱今天这种狼狈境地。她面无表情地说下去："我已经是奔 80 的人了，不能老这么孤身下去呀。所以光解决我一个人的住房问题还是不行，总得把儿子一家搬来。万一我得了急病，也有个照应呀。"

我对她说，几年前我们的住处比她今天强不了多少。我相信她也会有得到妥善安置的一天。临告辞前，我和她合拍了一张照片。她把我们送到学校大门口。刚走出两步，一回头，她已不见踪影。我立刻想，这可是位果断、麻利、不拖泥带水的女性。她有的是一个不向命运低头的倔强灵魂。

第二天晚上，我又放弃了去汕头大学看潮剧的机会，独自在宾馆等小蔡。他将替我取来曙雯写的材料。

八张白纸上，她用朴素的文字毫无怨艾地写下了自己布满荆棘的一生：在 77 年的生涯中，这位老教师把最好的年华献给了人民的教育事业。她的要求不高，只希望在垂暮之年，有个安身之所。

站在招待所的阳台上，望着对岸镀了一层银光的蜈蚣岭，我陷入了沉思。

我原是怀着一股子浪漫情绪来游历梦之谷，并访问书中的女主人公的，然而迎接我的却是多么严酷的现实呀！一个当了一辈子小学教师的妇女，而且在艰难的岁月里还曾为革命尽过力，晚年却过得这么孤，这么苦。我唏嘘，我慨叹，我为她大声疾呼！

1987 年 2 月 25 日于闽江之畔

辑三

巴金与萧乾

萧乾常说："我是朋友堆里滚大的。"毫无疑问，在众多的朋友当中，巴金占着最重要的位置。用他本人的话来说，巴金是他的"挚友、益友和畏友"。我的抽屉里放着一包他给巴金信函的复制件。巴金多年来给他的五十多封信原信，均已交给中国现代文学馆了，手头只留了一封，全文如下：

炳乾：

信收到。谢谢你的关心。我的想法和你的不同，我不愿死在书桌上，我倒愿意把想做的事做完扔开笔，闭上眼睛。我写文章，为了完成自己的任务，我说封笔，也可以再拿起笔。我绝不束缚自己。为了写作，我挨了一生的骂，同样我也骂过别人。但我并非为了骂人才拿起笔。我想写《再思录》，也只是为了讲真话。我是这样想：讲真话不一定用笔。我仍在追求，仍在探索。我的目标仍然是言行一致，才可以说是把心交给了读者。如果拿着笔挖空心思打扮自己，我就无法掏出心来。我不愿向读者告别，可是我不能否定（抹煞）这个事实。有意识地向读者告别，也许有点悲观，但是我讲出自己那些心里话，对读者多少有点帮助（他们更容易理解我）。

我最初写小说是为了理解人，结局全集写《最后的话》，则是要求人们理解我。

我太累，下次再写。祝

好！

问候洁若

蒂甘

1月4日（1992年）

从时间和内容看，这是对萧乾于1993年12月12日写给巴金的下面这封信的复信。

蒂甘：

打开这期的《收获》，看到你那篇《最后的话》，我感到不舒服。首先是对"最后"二字摇头，而文中你还说看不到全集最后一卷的出版了，我觉得你不应该那么悲观。

不知你看了我在赠你的那本《关于死的反思》前所写的那几句话否。我决定要学健吾。他是死在书桌上的——不知他手里拿没拿笔。我认为这是咱们文字工作者比旁的行当（包括自然科学）优越之处：我们确实可以写到最后一息。自然也有人愿躺在几部有了定评的成名之作上颐享天年的。但你不是那样，否则《家》《春》《秋》之后，你本就可搁笔了。然而你能吗？你胸中有那么多爱和恨，那么关心同类的休戚，你是不能搁笔的——《随想录》就是证明。当然我不劝你在生理上不适的时候，硬了头皮去动笔。我只是说，你不能把你那支笔这么"封起"。

我们都算有点后劲儿的。后劲儿（说俗了就是"余热"吧）很重要。倘若是为名利而写作，两者都到手之后，就满可以歇笔。然而你不是那样，而是非写不可才写起来的。我认为那个"势头"应保持到最后一息。那时才真正是"最后"。我写此信就是为了说，我不同意你那"最后"二字。那也与你一贯的精神不相符。

我不是说过我完全可能先你而死吗？这是有客观根据的。你的器官（内脏）完好，而我除了冠心病之外，还只剩了一个肾，它的功能只是正常人的三分之一。每天我只准吸收 40 克（还不到 1 两）高蛋白。我一面随时准备辞世，同时又在尽可能地延长我的寿命……为了把丝吐尽，我惜命。（见《萧乾文集》第 10 卷，浙江文艺出版社，第 59—60 页）

两位朋友的两封信，说明了他们不同的性格。巴金有那种"扔开笔闭上眼睛"的悠闲情致，所以能至今健在。我相信他能跟我们一道步入 21 世纪。记得 1978 年我陪萧乾到前门饭店去看望巴金时，他不过 74 岁。说话的声音小而慢，走路也不慌不忙，从长远来看，这有助于延年益寿。萧乾则相反。1997 年 2 月因心肌梗死住院后，大夫不断地提醒他动作要慢一些，不可大喜大悲。但萧乾是性情中人，往往控制不住自己。住院后，他最大的安慰就是还能写点东西，去年 3 月 25 日所写的《抗老哲学——给自己做点思想工作》，还荣获"成山杯"金台随感征文一等奖。4 月间，我从三里河邮局取来了巴金写给他的挂号信。自从年初李辉告诉他，"巴老正在给你写信，已经写了两页"，他一直盼星星盼月亮地盼着这封信。信是写在较厚的淡绿信笺上的，简直就是墨宝。我把它排在萧乾所坐沙发旁的病床上，跟他一道欣赏，还拿给到医院来探视的李辉看过。但是不知怎么的，竟无影无踪了。萧乾逝世后，李辉才敢告诉巴金的家属此信的原件遗失的事。幸亏巴金的家人留下了复印件，经李辉张罗，发表在《人民日报》（1999 年 4 月 16 日）上：

巴金给萧乾的最后一封信，写于 1998 年 3 月

乾：

信收到，谢谢！一连读到你好几封信，我想念你，我担心你的身体，又恼恨自己没有力气给你回信。我不能自己料理生活，又不能自己读书看报，一切都要靠别人，想起来实在心烦，你的信又好像来得正是时候，就像你站在我的面前，指着我说："我做得到你也应该做得到，我写了四十几篇文章，你呢？"说真话，我赶不上你了。

我抽屉里有一堆你的信，我欠你的账太多了，但是我写字太困难了。请你原谅我。问候文洁若。

芾甘

三月廿八日（1998 年）

我陪萧乾在北京医院度过的这两年间，他常念叨自己这辈子很幸运，24 岁上结识巴金，他这个"未带地图的旅人"才没出什么大差错。今年 1 月 22 日，当我告诉他，叶君健和公刘都因跌跤而去世时，他马上给巴金写了封信，提醒他当心摔跤。

这成了他写给巴金的绝笔信。

萧乾是幸运的。因为他躬逢改革开放盛世，拿到一纸平反书后，整整活了 20 年，写了 20 年。他不愿意当植物人，差不多是像自己所巴望的那样，"死在书桌上"的。

最后，祝愿硕果仅存的巴老永葆艺术青春，健康长寿。

（上海《文汇报·朝花》1999 年 7 月）

巴金印象

——"人生只能是给予，而绝不能是攫取！"

一、"黄金般的心"

1954年夏季的一天，萧乾打电话到出版社编辑部，要我中午务必到东安市场一家餐馆去吃饭，说他的一位挚友刚从上海来，非常想见到我。他没再多说什么就挂上了。

快下班时落起雨来。我就冒着瓢泼大雨赶到那家餐馆。一个大圆桌围坐得满满的，他们给我留了个位子。已经上了凉盘和饮料，大家显然在等我到了才开席。一位满头乌发、戴着一副近视镜、目光慈祥而敏锐的中年人站起来，热情地向我伸出手，用四川口音说："欢迎，欢迎！"萧乾就把我介绍给他，说："洁若，这是巴金。"——那时，座中通称他为老巴。这就是我第一次会到巴金。

我是1952年结识萧乾的。他曾对我说："我是朋友堆里滚大的。"但他告诉我，新中国成立后，有些朋友地位变了，自自然然地就疏远了；偶尔见到，也带理儿不理儿的。唯独巴金，尽

管当时很受重视，每次到京，必然把他那些被时代所冷落的朋友
（像萧乾）一个个地约到一起，找家餐馆聚一聚，而且每次都是
巴金做东。

果然，从那以后，我又随萧乾一道去参加过多次这样的聚
会。那些年巴金常出国，每次来回都得路经北京。萧乾管这种聚
会叫"大东茶室"，那是 30 年代在上海，巴金与友人经常聚会的
场所。1956 年，巴金在东单新开路一家叫作康乐的四川馆子请
我们。酒足饭饱之后，巴金又点了一碗红糟五花肉。我们都没有
勇气下筷子。巴金却一连吃了七八块，吃得津津有味。我暗自想
道：年过半百胃口还这么好，而且怎么吃也不发胖，真是头等的
健康！那次，萧乾还和巴金在北海比赛过一次划船。尽管萧乾比
巴金小五六岁，却费了九牛二虎之力才只和巴金划个平手。

当时我们住在总布胡同作协宿舍，家中除了日用品外一无
摆设。但是玻璃橱里却精心保存着巴金分别从捷克和东德带给孩
子们的两样玩具：用红白两色丝绒做的表情滑稽的娃娃和一上弦
就能走动的黑绒企鹅。可惜"文革"抄家时也不知道成了什么人
的"战利品"。萧乾知道巴金的女儿小林喜欢音乐之后，也曾到
东安市场去给她买了一把琴，交巴金捎回上海。

那几年萧乾似乎有这么个原则：对于 30 年代很熟，如今地
位悬殊的老友，除非像巴金这样念旧，否则他绝不去高攀，即使
住在同一个大院子里。然而对于当时比他处境更黯淡的几位，他
却经常去走访。他喜欢向我背诵《名贤集》上的一句话："贫居

闹市无人问，富在深山有远亲。"

好在我是一向清静惯了的，对寂寞的生活安之若素，只希望交际应酬越少越好。这样，在繁忙的编辑工作之余，每晚还可以看看书，搞点翻译。

"反右"斗争中，萧乾由于发表了两篇文章而成为活靶子，在王府井大街的文联大楼礼堂一连为他开了四次批判会。在所有的揭发批判中，最刺伤他的是一位他十分尊重，并且也很了解他的老友，竟然在会上说他"早在30年代就跟美帝国主义有勾结"，指的是他曾协助美国青年威廉·阿兰编过八期《中国简报》。那是最早对外宣传中国新文学成就的英文刊物，萧乾在那上面撰文介绍过鲁迅、茅盾和郁达夫，并发表了巴金和沈从文的访问记[1]

那些揭发批判，几乎使萧乾对人性丧失了信念。多年来支撑他的，是那之前不久，在中南海紫光阁与巴金最后的一次会面。当时，《人民日报》上已公开点了萧乾的名，大家都把他视为毒蛇猛兽，躲得远远的。然而，在那次全文艺界的大会上，巴金却在众目睽睽之下，坚持和他坐在一起宽慰他，劝他好好做检查。那天，周总理也特地把萧乾和吴祖光叫起来，鼓励他们"好好检查，积极参加战斗"。但是周总理的关怀和巴金的友情也终究未能挽救萧乾免除戴右派帽子的厄运。在漫长的二十二年的黑

1　鲍霁编：《萧乾研究资料》，北京十月文艺出版社1988年版，第555—557页。

夜中，巴金那天给予他的温暖，对他表示的殷切期望，却帮助他对这个世界始终抱有希望。

关于李健吾，巴金曾写过这样一句话："黄金般的心是不会从人间消失的。"[1]巴金有的，也正是这样一颗黄金般的心。

二、"友情是我生命中的一盏明灯"

现在回想起来，在史无前例的文化大革命中，巴金成为"四人帮"的眼中钉似乎具有内在的必然性。他们鼓吹的是仇恨，而巴金的哲学却立足于人类的爱。生活的逻辑是离奇的，萧乾自从1957年起就销声匿迹了，1966年倒反而避开了批斗锋芒。当然，我们也不可避免地双双进了"牛棚"。那时，每天完成被指派的劳动后，便互相交换着看在街上花两分钱买来的小报。每当读到巴金在上海被当作"无产阶级死敌"被揪斗时，我们就痛苦万分。尤其是有一次听说上海造反派对巴金进行电视批斗大会，巴金刚讲了半截，荧光屏上的画面便戛然消失了。这引起了我们痛苦的悬念，担心莫非是他挨了打！

1968年夏天，上海作协多次派人来向萧乾及冯雪峰外调巴金。一次，傍晚回到住房被强占后我们被赶去的那间巴勒斯坦难民营般的小东屋后，萧乾告诉我，外调人员看了他写的材料，向

1　巴金：《随想录·病中集》，人民文学出版社，1986年，第40页。

他发了火，说："不许美化黑老 K！"同"牛棚"的一个女难友由于顶撞了外调人员，被打得鼻青眼肿，引起脑震荡。萧乾还算幸运，竟然不曾受什么皮肉之苦。

十年"文革"，除了小道消息，谁也不晓得对方的命运，唯有相互默默地祝祷平安。那时，我们一直担心巴金会不会被迫害致死。

随着"四人帮"的倒台，大地复苏，渐渐又恢复了人间的气息。1976 年冬天，我们以无比欢快喜悦的心情，听说巴金依然健在。但萧乾作为摘帽右派，仍心有余悸，生怕会给老友惹麻烦，所以给巴金的第一封信是以我的名义写的。这封慰问信我们还不敢邮寄，是托我中学时候的老同学张祉瑠的外甥谢天吉（一位年轻的音乐家）亲自送去的。

1978 年，巴金来北京开会了。那时我们家里还没装电话，巴金是从他下榻的前门饭店打电话到我的办公室的。当我在电话中又听到巴金那带有浓重川音的熟稔声音时，我着实兴奋极了。他约我和萧乾于次日前往前门饭店去吃午饭。我说："我想给您和小林弄两张内部电影票，可能晚些才能到。但是炳乾一定准时来。"他向我表示谢意。

第二天，当我拿到电影票，奔到前门饭店时，巴金和萧乾已吃过饭，正坐在沙发上亲热地叙谈。只见除了小林，屋子里还坐着一位青年——巴金的另一老友马宗融的儿子少弥。

镌刻在我心版上的是 1956 年最后一次见到的巴金——年过

半百还保持着年轻人的体态，头上连一根白发也没有的巴金。如今他满头银丝，动作也迟缓了。关于自己，他谈得不多，以后读了《随想录》，我才知道那十年间他受了多大罪，又是怎样以无比坚强的意志挺过来的。

那天我们除了简略地叙叙各自的遭遇和现状，谈得最多的是老舍之死。巴老说，他读了井上靖的《壶》后，曾告诉作者，他不相信老舍会像故事中所描述的那样抱着壶跳楼。老舍不会把壶摔碎，他要把美好的珍品留在人间。可惜当时担任口译的青年没有读过这篇作品，无法传达巴老的心意。

我告诉巴老，我订《井上靖小说选》那个选目时，也未理解作者为什么要让故事这么收场，所以另选了四篇，请人译出，已于1977年出版。我自己更喜欢水上勉于1967年写的《蟋蟀葫芦》中对老舍所表达的缅怀之情，因而把它译出来了。[1]

次晨，我们老早就在小西天的电影资料馆外面等着巴金和小林的到来。这位新中国成立后一直不领工资、后来还把大部分稿费都捐出去建立中国现代文学馆的老作家，竟连出租汽车都不肯坐，而是在女儿搀扶下搭乘无轨电车来的。那阵子内部电影还很稀罕，每举办一场，连胡同口外都站满了希望能捞到一张退票的人。小林看得很过瘾。巴老和萧乾却一直在小声谈话，根本

1　最初刊载于《春风》杂志1979年第2期，后收入《水上勉选集》，人民文学出版社1982年版。

没顾得上看电影。我寻思：两位老友二十几年来蹲在各自的陷阱里，如今真有说不完的话。

这之后，巴老又到北京来开会，住在北新桥华侨饭店，我再度陪着萧乾赶去探望。当天下午，两位老友谈了很久，感慨颇深。他们逐个儿地怀念那些未能活着重见光明的友人。另外一次，巴老住在西苑饭店。我们是阖家去看巴老的，因为三个子女都渴望见见爸爸这位挚友。

1980年4月初，巴老又来北京，在西直门的国务院第一招待所下榻。那一次，他是作为中国作家代表团团长应邀访日，在北京与副团长冰心等人会齐，一道出发。萧乾说，每次见到巴老，总要谈上老半天。这回老友行前想必很忙，萧乾怕影响他的健康，就不去打扰了，而由我代他去探望一下。我从招待所的传达室打了个电话，来到楼梯口。抬头一看，巴老已经在二楼平台上迎候了。我实在感到惶恐不安。不论从年龄还是任何方面来说，我都是他的晚辈，怎么能让在十年浩劫中受尽摧残、步履维艰的老人，走上这样长一段过道来迎候我呢！

在沙发上坐定后，我取出自己译的日本女作家佐多稻子的长篇小说《树影》，是刚刚由湖南人民出版社出版的。一本送给巴老，一本托小林带给作者。我告诉小林："书中我附了一封信。用不着面交她本人，由招待人员转去就成了。这还是搁笔十年之后，我于1976年译出的。"

多年来，这是我头一次单独会见巴金，而且当时室内并没有别的来客。我觉得有千言万语要告诉巴金：想说说我自 15 岁念初三时就爱读他的《家》《春》《秋》和"爱情三部曲"，并且深深地引起共鸣；也想对他在"文革"中的遭际表示慰问。然而我什么也没说，我不忍心用自己的饶舌来消耗他的精力。他也只默默地望着我，仿佛表示，你们也算熬过来了。于是，我只简单地说了句："炳乾要我向您问好。他怕来了，会占您的时间。他请您一路多加保重。"他连连点头称谢。从我们当时住的天坛南门到西直门，来回要用两个多小时。可我仅仅坐了不到十分钟，就匆匆告辞了。

那以后，这一对劫后余生的老友，就分别受到病魔的折磨。萧乾在 1980 年底和 1981 年夏，做了两次全身麻醉大手术（一次是摘取结石，另一次是割除左肾），接着又动了三次小手术。巴老则腿部骨折。有好几年，两位老友非但未能见面，连来往的信函也少了。

1984 年 5 月，东京召开了国际笔会第四十七届代表大会。巴老是中国笔会会长，刚刚康复的他，就率领由十五位作家组成的代表团出席大会。同时那次他还是大会特邀的"世界七大文化名人"之一。

大会结束后，代表团胜利归来，并在北京沙滩的中国作协会议室举行了一次汇报会。当时萧乾因病未能出席，我去参加了。副团长朱子奇说巴老的威望极高。他只要在大会会场上一坐，即使一言不发，也还是产生了不可估量的影响。"

那天与会者约有二百人，巴老坐在头一排。这位穿着朴素、态度谦虚的老人，身上确实仿佛有股磁力，一下子把全场的注意力吸引住了。休息时间，不断地有人到他跟前去致意。我也不由自主地踅到前排，替萧乾问候了他一下，并且请他千万注意身体。

巴老赴日前，在《人民日报》（1984年5月2日）上发表了他的《友情是我生命中的一盏明灯》一文。其中有一段话，深深打动了我的心：

> 友谊的带子把我们的心和朋友的心拴在一起，越拴越牢……友谊的眼泪，像春天的细雨，洋溢着我的心，培养了人间最美好的感情。对我来说，友情是我的生命中的一盏明灯，离了它我的生存就没有光彩，离了它我的生命就不会开花结果。

我理解，他心目中的友谊是恒温的，是不以生活的浮沉为转移的。

三、"人生只能给予"

1980年，巴老倡议创办一所中国现代文学馆，立即得到了包括老一代的茅盾、叶圣陶、夏衍、冰心等在内的许许多多作家们的热烈支持。五年后，巴老的这个夙愿终于实现了，这就是由中国作家协会领导、坐落在北京万寿寺内的中国现代文学馆。巴老不但捐赠了大批藏书和文稿，而且迄今已捐赠给文学馆人民币三十几万元。想到巴老一向靠稿费为生，从不拿工资，家里生活非常俭朴，就更觉得他的奉献是多么可贵了。早在 30 年代他说过："人生只能是给予，而决不能是攫取！"

他这一生，从不攫取，真正是在不断地给予。

1985 年 3 月下旬，巴老来京参加文学馆开馆典礼，并发表讲话说："我相信中国现代文学馆是一股强大的力量……只要我一息尚存，我愿意为文学馆的发展出力。我想，这个文学馆是整个集体的事业，所以是人人都有份的，也希望大家出力，把这个文学馆办得更好。"

这次，巴老下榻于北京饭店。适逢全国政协开会，他就多逗留了一些日子。这时，我们已搬到复兴门外，家里也装了电话，两位老友在电话里畅谈了一阵。4 月 5 日那天，我们去饭店看望巴老，恰好和他住在同一饭店的香港摄影家陈复礼也来拜访。于是，陈先生就为我们拍了几张饶有纪念意义的照片。

萧乾意识到，继 30 年代的文化生活出版社和 50 年代的平明出版社之后，现代文学馆是巴老毕生又一文化业绩。他多少也为这个馆出了些力。巴老在 1986 年 2 月 17 日来信中说：

你为文学馆多出力，这是一件大好事，我们后代子孙会感激你的。不管文学馆有多少困难，有多少缺点，但我们必须支持它。我们不支持，不尽力，谁来支持，谁来尽力！精神文明不是空谈出来的！

近年来，萧乾确实把对巴老的友谊体现在对文学馆的关怀上。每逢台港和海外有朋友来访，他都一趟趟地陪他们去参观，撰文为它宣传，并为文学馆拉了些赞助。

完成五卷《随想录》后，由于健康关系，巴老不得不搁笔了。萧乾知道巴老写字吃力，而他又有个亲自回信的习惯，甚至信皮都自己写，萧乾就尽量不直接写信给巴老。他要么写给小林，要么写给巴老的弟弟李济生。就这样，每年他们总还有些书信往来。

1987年4月20日，巴老在致萧乾的信中写道：

……有许多话要对你说，不是没有时间，是没有精力，我已是一个废人了。要是我能够每天写两千字，那有多好啊。这些年我浪费了多少宝贵的时光！想到这，我就悔，我就恨。不过我总算留下一部《随想录》，让后人知道我的经历，我的感情；我还指出了一条路，一个目标，讲真话。谁也不能把我一笔勾掉。这十年我毕竟不是白活……

在1988年4月30日的来信中，巴老写道：

我好久不给你写信了，并非不想写，更不是无话可说，唯一的原因是干扰太多，难得有时间在书桌前坐下来。这些年你做了不少事，写了不少文章，我也知道一些，看到一些，我为你高兴。从一些熟人那里知道你近两年为文学馆帮过不少忙，出过力，虽然这是大家的事情，我却想紧紧握住你的手，连声说："谢谢。"我真感谢你。

……只要我注意劳逸结合，听医生的话，不逞能，大概就不会来个突变，那么我们还可以见面畅谈。一定可以……

1989 年 3 月下旬，我应邀赴上海参加新西兰女作家凯瑟琳·曼斯菲尔德的作品讨论会，萧乾事先写信告了巴老。多年来，巴老一向是亲自写回信，这次的回信却是口述的。全文如下：

炳乾：

谢谢你的信。这些时候我一直想念你。我为有你这样的朋友感到自豪。我放心了。作为朋友，我也不会辜负你。我等着洁若的到来，她会告诉我你们的情况。

我的近况不好，摔了一跤，至今疼痛不堪，在治疗中，希望取得效果。

其余的以后再谈。多保重。

问洁若好。

祝

好!

巴金口述

1989 年 3 月 2 日

我动身前，巴老还特地叫女儿小林打来电话，告诉我他住进了华东医院。我是 3 月 20 日上午 10 点半飞抵上海的。出了机场，在朋友谢天吉的爱人陈黎予的陪同下，直奔华东医院。巴老的侄女国糅迎出病房说，病人刚刚休息。医院里规定下午 2 点钟才能会客。于是，我们便决定先到巴老的府上去拜访。

我这是初次来到武康路的巴老住宅。前来开门的巴老的九妹端珏未等我通报姓名，一眼就认出了我。可能她看到过我的照片，也可能巴老的家人已知道我那天抵沪。

1956 年萧乾曾登门造访过巴老，给他印象最深的是七十书架的书籍。如今巴老已把这些藏书分门别类捐献给几所图书馆、学校和文学馆。

1962 年，我曾读到日本文艺评论家龟井胜一郎的《中国纪行》，其中有一篇详细地描述了在巴老家做客的情景，当年 11 岁的小棠耍着红缨枪，一副活泼可爱的样子跃然纸上。女主人萧珊一边张罗着为远客倒茶，一边笑吟吟地欣赏儿子的顽皮——显而易见，他是妈妈的宠儿。还有那宽敞的走廊，院中那拾掇得十分整齐、绿油油的草坪。

弹指间，出现在我眼前的小棠比爸爸高多了，他已发表了近二十篇文采粲然、构思精巧的短篇小说。这时我想起了巴老的《怀念萧珊》《再忆萧珊》这两篇文章。我感到，她确实依然还活在她挚爱的"李先生"以及她的儿女和朋友心中。巴老前几年摔断腿住院期间，客厅里铺上了地毯，并把临院的走廊改装成"太阳间"。除此而外，这座小楼的陈设基本上保持了女主人生目前的格局。她永远和亲人们在一起。

下午2点钟，我们准时返回医院。这时，巴老已起床了。国樑扶伯父坐在椅子上。我送给巴老一本我译的《蜜月》——凯瑟琳·曼斯菲尔德小说集，一本1986年6月号的《早稻田文学》，并把刊载于第73页右下角的巴老的相片指给巴老看。相片下面的说明却是"萧乾"。原来四年前我作为日本国际交流基金会的研究员，在东京东洋大学研究日本文学时，早稻田文学杂志社约我译了两篇萧乾的小说，收在中国文学特辑里。他们要一篇作者简介和一帧近影。我便把陈复礼先生那次在北京饭店为巴老和萧乾所拍摄的合影送了去。岂料因篇幅关系，他们只能保留作者一个人。而且把巴老当作萧乾了。当我打电话给编辑部要求更正时，他们道歉，说已有好几个读者向他们指出这个错误了。巴老听罢，不禁咯咯笑起来。他的伤痛尚未痊愈，说话还很吃力。我生怕他太累，趁按摩师进来之际，就告辞了。

1990年6月上旬，萧乾因心脏病犯了，住院检查。结果心脏犹在其次，更严重的是十年前动了左肾切除手术后，剩下的那个右肾，不堪重荷，功能逐渐衰竭，已不及常人的三分之一了。他原预定在6月下旬赴上海参加《全国文史笔记丛书》编辑工作座谈会，也早已写信告诉巴老了。听了大夫的宣告后，他怕远行吃不消，曾一度要打退堂鼓，但转念一想，他已经整整五年没见着老友了。巴老今后来北京的可能性越来越小，而他自己的健康状况又是那么差，趁着腿脚还利落，还是决定前往。

于是，出院的次日，我就陪他上了飞机。

抵沪的当天，萧乾就从衡山宾馆给巴老打了电话。第二天（21日）下午3点，我们走进了巴老那幽静雅致的客厅。天气炎热，但厅内只开了一台老式电风扇。巴老坐在玻璃书橱前的扶手椅上，因为这里有穿堂风。他身穿无领白色线衣，气色和精神都比去年3月我在医院里看到他时强多了。听到萧乾的脚步声，巴老在家人的搀扶下，拄着拐杖站起来迎接。萧乾赶忙扶老友坐下，拉过一把椅子，紧贴着他坐下。

两位老友欣喜得一时语塞。萧乾首先把他当年出版的《红毛长谈》以及《未带地图的旅人》英译本捧献给从30年代起一直关心他、指引他的这位挚友、益友和畏友。我也把带来的土产一样样地摆在圆桌上。萧乾首先谈了谈文学馆的近况。萧乾深知这是巴老最关心的事。我晓得动身之前，他曾特意向杨犁馆长了解了一下。这之后，话题才展开来，萧乾边谈边握住巴老那颤巍巍的手，问道："上次你给我写那封短信¹，说花了三天。那么你写的悼念从文的那篇²，花了多少时间？"这时，巴老微笑着，伸出三个指头，带点自我嘲讽地说："3个月！"（记得萧乾告诉过我，巴老当年每天写出七八千字是常事，他的笔头快是出了名的。）他们还一道回忆了30年代的人和事。我在旁听了，由衷地感到老一辈的作家对友情的珍视。

萧乾事先告诉我，巴老气力差，我们只坐半小时。但他几次欠起身要走，巴老总想起还有话要说，又坐了下来。辞别时，两位老友依依不舍地紧紧握着手，连坐在一旁的我，眼睛都有些湿润了。

接着，我们又驱车去看了萧乾的另一对老友王辛笛夫妇。

27日下午，也即是我们离沪赴杭的头一天，萧乾又照约定偕我去了武康路。这回，为了节省我们的时间，王辛笛夫妇特意赶到巴老家来会我们。萧乾把《全国文史笔记丛书》筹备会印发的有关四川及上海的一些笔记初稿，带给巴老看，他送给巴老一张今年5月间陪林海音参观文学馆时，他和这位台湾女作家站在巴老那巨幅油画前的合影。林海音看到书库里有不少她本人的和其他台湾作家的作品，很高兴，她答应把自己所主持的纯文学出版社出版的《纯文学丛书》，送给文学馆一整套。巴老曾说他要

---

1 见《人民日报》（1990年3月5日），标题是《你还是小青年》。
2 即《怀念从文》，《长河不尽流——怀念沈从文先生》代序，湖南文艺出版社1989年版。

为文学馆献出自己"最后的一分光和热"[1]，看到自己耕耘起来的这块园地得到各方面的支持和关怀，他自是欣慰不已。

像上回一样，萧乾几次要告辞，话犹未尽，又留下来。最后，他怕太累着老友，还是坚决站起身来。

这时，巴老叫家人取来《巴金全集》中已出的十卷送给我们，在第一卷的扉页上，巴老两天前就写好了这样几行字：

> 赠　炳乾
> 　　洁若
>
> 巴金九〇年六月廿五日

> 我还记得你到燕大蔚秀园看我，一转眼就是五十七年，你也老了！可是读你的文章，你还是那么年轻，你永远不会老！

字体俊秀挺拔，不像是出自老人之手。我问巴老的家人，他写了多久，回答说是这次写得较快，差不多是一挥而就的。这说明了巴老正在逐渐康复。

临别时，萧乾紧紧握着巴老的手说："尽管你身体比我弱，气力比我差，可是没有五脏器官的毛病，肯定比我活得长。除了

1　见巴老 1985 年 9 月 28 日致杨苡信。

心脏，我还有肾的问题。咱们活一天就得欢实一天，绝不能让疾病压倒。彼此保重吧。"巴老微笑着连连点头。

巴老拄着拐杖，一步步地踱出客厅和大厅，一直送到楼门口。萧乾一面穿过前院朝大门走去，一面不断地回头向老友挥手——巴老一直站在门口目送着我们，直到我们流连不舍地迈出大门。

汽车沿着沪西绿荫笼罩的柏油马路驰回宾馆。我一路都在想：巴老毕生执着地追求光明，忠实于人类。他的作品影响了几代青年，他的高尚品格与情操，是我们仰慕的楷模。

1990 年 10 月 15 日

宝刀永不老

——记冰心大姐

1985年10月，我作为国际交流基金研究员赴东京东洋大学研究日本近、现代文学时，亚[1]一天来信说，他的老师吴文藻教授不幸于9月25日溘然长逝。师娘就是他从10岁起称作"大姐"的冰心。当他赶去吊唁时，只见冰心大姐正在劝慰文藻先生的几位泣不成声的生前好友和学生。她神色安详地说："人总归有一死，文藻只不过比我早走了一步。"亚竭力抑制住自己的感情，同时，此情此景越发使得他景仰大姐惊人的镇定和豁达。

冰心大姐和文藻教授是1923年在赴美的船上结识的，婚后近六十年伉俪情笃。如今老伴先她而去，心中的悲恸可想而知。她却能如此节哀，转而慰藉吊唁者。她的气度宏大，智慧卓绝，达到了透明的地步，这也充分显示出她的人格的力量。

---

1 亚是日语"亚克桑"（第三人称代词，即"他"）的首字。婚前，我家每提到萧乾即用此字，沿用至今。

冰心大姐待人总是那么宽厚慈祥，然而对于生活中的不合、社会的不公，又是那么义愤填膺。

成长于温馨的家庭中、涉世不深的她，20年代曾在《寄小读者》中写道："小朋友，请为我感谢，我的生命中是只有祝福，没有诅咒！"

如今，这位九旬老人仍在祝福着大家，然而对于人间的黑暗面，"文革"也罢，"鬼楼"也罢，她都大义凛然地怒斥。每当我读她那些为民请命的文章时，就感到她的声音响彻云霄。

18世纪的英国诗人济慈在他那首不朽的十四行诗《初读查普曼译荷马史诗》中，描绘了《伊利昂纪》和《奥德修纪》这两大史诗曾怎样开阔他的视野，使他翱翔于诗的境界。我呢，除了家庭和学校，第一次使我沉浸于小说世界的，正是冰心女士的《寂寞》。

那时我还是孔德小学一年级的学生，刚刚识得了百十来个字，并学会了注音字母。放学回家后，就一头扎进东厢房的书堆里。我是在姐姐们的旧国语课本中最初读到《寂寞》的，记得还附有插图。靠着注音字母的帮助，不满7岁的我完全领会了故事，并曾替文中妹妹突然走掉后，心情抑郁的那个小小难过了好久。光阴荏苒，半个多世纪后，进入20世纪90年代重读这篇佳作，它依然使我感到无限惆怅。我想，这就是真正的艺术感染力吧。

1954 年和亚结缡后，我曾对他谈起这篇小说。他告诉我，作品中的男主人公小小的原型，正是他儿时的同窗谢为楫。当时他们同在崇实小学读书。放学后，亚往往连家都不回，背着书包就和为楫一道到中剪子巷他家去玩。为楫生得眉清目秀，性格温和，出自书香门第，又在姐姐冰心的熏陶下，自幼爱好文学。12岁时就在《儿童世界》上发表童话《绿宝石》。

冰心和为楫的父亲谢葆璋老先生历任巡洋舰副舰长、清政府海军练营营长、海军学校校长、民国政府海军部军学司司长等职。他素来清廉，生活简朴。她的母亲杨福慈出身于清朝学官世家，知书识礼，为人仁慈。子女们耳濡目染，受到良好的影响。

谢老先生素喜养花，不但把自己租住的三合院栽培成一座百花园，连门口都种上些野茉莉、蜀葵什么的，还在大门外竖起一个秋千架。花和秋千架吸引来附近的孩子，遂有了"谢家大院"之称。亚和为楫玩累了，便进屋去歇歇，因而跟为楫的姐姐婉莹自然也熟了。亚跟着为楫喊她"大姐"——就是后来在五四文坛上升起的新星冰心女士。

1931 年，冰心写了短篇小说《分》，借在医院里同一天呱呱落地的两个婴儿的不同遭遇，抒写了她对社会的观察。尽管生长在官宦人家，在贫富悬殊的社会中，她的眼睛一向是朝下看的。

20 年代初，北京东城建成一条有轨电车线路，从东直门直通到天桥。朱自清先生编著的《中国歌谣》一书中，收录了一首北京儿歌："车碰车，车出辙，弓子弯，天线折。脚踏板儿刮汽车，脚铃锤儿掉脑颏。"就是那时电车的绝妙写照。

出于好奇，为楫请亚坐了一趟电车。两个孩子在北新桥上车，为楫买了两张到东单的票。车子刚开到船板胡同，就听座中一位乘客念叨："这玩意儿只要一串电，大家准都会变成瞎子。"说话的人也许只是为了逗逗小孩，可亚听了，吓得怎么也不肯再坐了。车开到十二条，他就闹着要下车。为楫也只好跟着下来。为楫回家就把这档子事告诉了冰心大姐。至今大姐一见到亚，就喜欢抓他这个笑柄。

亚原名秉（炳）乾。由于"乾"字也可读作"干"，从上学起，同学们便常喊他"小饼干"。冰心大姐也从为楫那里晓得了他这个绰号，直到七十年后的今天，大姐仍喊他"饼干"，而她的儿女们则叫他作"饼干舅舅"，孙儿辈自然也跟着喊起"饼干爷爷"。

1923年，冰心取得燕京大学女学士学位，同时获"金钥匙"荣誉奖，并作为最优毕业生，得了新英格兰有名的威尔斯利大学研究院的奖学金，当年8月赴美深造。三年后，她取得了硕士学位，于8月初回到北京。这年暑假，亚和为楫刚好初中毕业。为了维持生计，亚考进北新书局，当上一名练习生。

冰心在美国期间，北新书局已将她在《晨报·儿童世界》专栏上陆陆续续发表的《寄儿童世界的小读者·通讯》二十九篇和《山中杂感》十则，收集成册，并于1926年5月出版。这就是几代人曾以热切心情捧读的《寄小读者》。骑着自行车到中剪子巷的寓所给冰心女士送稿费的，恰恰是亚。

当亚汗涔涔地从手腕上解下手绢包，打开来，把稿费递给她时，她同他亲切交谈，为他沏上一杯香片茶。她依然是他的"大姐"。亚悄悄告诉她，此书的实际印数比版权页上写的要多好多，书局就是这样欺负作家。

亚在北新书局只待了一个暑假，就因和两个小学徒一起闹"罢工"而被解雇，他又溜回了学校。1939 年，亚从汕头回到北平，进了燕京的国文专修班。当时冰心已和吴文藻教授结了婚。燕京大学本来是不准夫妻同时在校任教的，他们伉俪是唯一的例外。1933 年，亚又由辅仁大学转入燕京大学本科，读新闻系三年级，还选修了文藻老师的社会学。于是，冰心不仅是"大姐"，同时又成了亚的师娘。这时她正在燕京、清华两家大学任教。课余，亚经常到燕南园那座精致舒适的小楼去探望他们。

1935 年，亚毕业于燕京大学，7 月 1 日受聘于《大公报》，负责编《小公园》。不久，杨振声、沈从文两先生把《文艺》也交他编了。从此，冰心遂成为亚的重要撰稿人。那个时期，亚每月都从天津来到北平，在来今雨轩举行茶会，同时约稿。冰心大姐当然也在被邀之列。后来他又去上海，主编津沪两地《大公报·文艺》。1938 年，他赴香港主编《大公报·文艺》，与阔别十余载的为楫在那里重逢。那时为楫已是一艘海关缉私舰的舰长了。他身穿笔挺的白色海军制服，戴着雪白的手套，风姿潇洒。

他曾邀亚搭乘自己指挥的舰艇，从香港一直开到宝安县海面。两人一面欣赏海景，一面畅叙别情。

亚转年前往英伦，一去就是七载。他于1946年回到上海，刚好与举家赴东京的冰心相左。1948年10月，亚到香港，翌年8月登上"华安号"，来到北京，参加了国际新闻局的筹备工作。冰心一家人则于1951年回到北京。亚是1953年在作家协会一次接待德国诗人的会上见到她的。她远远地就向亚热情地招手，脸上漾着亲切的笑容。亚赶过去，坐在她身边。那以后，他们不时地在类似的会议上晤见。1956年，作协委决定派冰心和亚以及董秋斯参加中直党委举办的一期马列主义学习。他们都脱产，不但没有星期天，平时连电话都不接。那阵子他们经常在一起共同接受改造。

在1957年的反右风暴中，有六位教授（如吴景超等）由于在大鸣大放期间提出社会学这门课在社会主义中国应有一席之地，竟一起被错划为右派。吴文藻老师则只因为是社会学家，也未能幸免。他纳闷地说："我要是有心反社会主义，那又何必千辛万苦地回到祖国来呢？"冰心大姐也想不通。周恩来总理特地把冰心大姐接到中南海自己家中，开导她，劝她多帮助自己的老伴。那时，他们的儿子吴平以及冰心的三弟为楫也相继被错划为右派。文藻老师于1959年摘帽，属于最早的一批。

在那次的大鸣大放中，亚发表了两篇文章。其中一篇是以亲身的经历追述过去商务印书馆同作家的关系并指陈现在的出版社却成了衙门。作协在王府井大街文联大楼礼堂里为亚召开过四次批判会。1961年亚从柏各庄农场回京后，老友翁独健告诉亚，1957年他被动员多次，但还是硬顶住了，不曾参加对亚的批判。有些朋友顶不住，答应在会场上说几句。及至看到别人咬牙切齿地把亚的问题上纲上线，生怕自己的措辞太温和，就只好临时竭力加码。会场上有两位最了解他的老友的批法，同整个气氛有点不大合拍。一位是亚于1929年就结为姐弟的杨刚，她反复提醒亚"不要忘了你是穷苦出身"。亚从小学生时期就喊作"大姐"的冰心，则提起亚当年在北新书局当练习生时，替她送稿费的往事。她说，那时亚曾悄悄地告诉她，书局怎样在印数上捣鬼，克扣作家的稿费，究竟旧社会的书局老实不老实，他是应该知道的。

　　我重新听到冰心大姐的消息，是八年后的事了。1965年，人民文学出版社出版了日本女作家有吉佐和子的中篇小说《木偶净瑠璃》，是我约钱稻孙先生译的。后面还附了我译的同一作者的短篇小说《黑衣》。有吉于当年5月来我国访问，下榻金鱼胡同的和平宾馆。她看到出版社送去的这个译本，自是十分欣悦，要求会见译者。出版社社长许觉民便带我去拜访她。那次，有吉准备住一年，把她刚会走路的小女儿也带来了。她告诉我，前几天，冰心女士曾应她的请求，为她的女儿起了个中国名字：玉清。有吉还讲了一下从冰心那里趸来的"玉清"的出典——陶弘景《水仙赋》中有云："迎九玄于金阙，谒三素于玉清。"

战后初期，冰心一家人曾在日本住过几年，但三个子女当时进的都是国际学校，所以没有正经学日语。冰心是用十分流利的英语和有吉交谈的，有吉对她发音的纯正甚为钦佩，说是"像音乐一样悦耳"。1980年，以巴金为团长，冰心为副团长的中国作家代表团访日时，当年的小玉清已出脱成一位秀逸的少女了。她非常喜欢冰心奶奶为她起的这个名字。日本女孩子有叫"玉枝"的，也有叫"清子"的，然而将"玉清"二字连在一起用的，却是绝无仅有。当人们问起这个名字的来历时，玉清姑娘就会骄傲地回答说，这是国际知名的资深作家冰心女士给起的。

1969年我同亚带着孩子们去了湖北咸宁五七干校。起初，我绝没料到冰心大姐也未能逃过那个劫数。那时我们在向阳湖畔的十四连，五连（作协）同我们只隔一个山坳，同属一个大队。一次在大会上，我们听到大队长表扬了几位"五七战士"，其中竟有冰心的名字。我们立即记起关于五七干校的那条最高指示中"除老弱病残者外"一语，便私下里叽咕："难道年届七旬还够不上'老'吗？"当时不同连，不作兴往来，怕落个"串连"的罪名，所以亚始终也没去看她。

粉碎"四人帮"后，大地回春，像中国许许多多知识分子一样，冰心和我们这两家人政治待遇和生活条件均有了改善。冰心大姐家里一下子有三个成员（丈夫、胞弟和儿子）问题都得到改正。我们搬到天坛南门附近居住后，亚和远在兰州的为楫之间曾鱼雁往还。亚建议为楫将他早年署名冰季出版的两部小说集《幻醉及其他》和《温柔》，以及零星发表在《现代》等杂志上的短篇，重新整理付梓。亚清楚地记得张天翼曾对他称赞过冰季的小说。亚也认为，为楫自幼熟悉北京的生活，出手不凡。1978年以还，亚曾为旧时师友杨振声、杨刚、林徽因张罗过出集子，向出版社建议并分别写了序跋，但搜集散载于报刊上的旧作这项无比艰巨的工作，毕竟得由另外一些年富力强的亲友或研究者去做。亚为肾结石的问题到处求医，后来又动了手术，从此身体垮下来，再也不能像过去那样骑车跑图书馆了。为楫始终没找到热心的帮手，此事就这么搁置下来。亚时常说，希望年轻一代的文学研究者不要只抱住史上的几棵大树，也要观赏一下路边的奇花异草。

1983 年 7 月，亚的选集第一、二卷由四川人民出版社出版了。他首先想到的是送给老友冰心和巴金。尽管进入 80 年代后，亚和冰心大姐见面的机会多了起来，我一直忙于业务，迄未陪亚一道去造访过。我提出，赠给冰心大姐的，由我自己跑一趟。那天，下了 320 路公共汽车后，我就走进民族学院的东门，一边沿着操场穿过那宽敞的校园，一边回顾着三十年前初见冰心大姐的情景。

那时我还是文学出版社整理科的一名小助编。出版社刚刚成立两年，不论是古典、五四，还是外文部的稿件，经编辑看过后，都先交到整理科进行技术加工（其中也包括文字加工），再发到出版部。由于日本文学专家、老编审张梦麟尚未从中华书局调来，遇到从日文翻译的来稿，领导上总是让我帮助审阅。一天，台基厂的对外友协举行一次欢迎日本儿童文学家的座谈会，社里派我去参加了。与会者不多，大家随意坐在一张张方桌周围。我刚坐定，冰心和金近便坐到我这张桌上来。他们热烈地谈论着怎样开展儿童文学问题。当时年已过半百的冰心大姐，温文尔雅，体态轻盈，从谈吐中显示出她学识的渊博和思维的敏捷。当时，我只沉浸在她那清朗悦耳几乎不带福建乡音的北京话里。

冰心一家人是 1983 年底才搬进民族学院现在这座高知楼的，我去的那次，他们住得还挺挤。由于亚事先通了电话，冰心大姐已端坐在长沙发上，等候我了。大姐面色白皙，双颊微泛红润。我知道，大姐是 1980 年为人民文学出版社赶译马耳他总统的《燃灯者》时突然患脑血栓而住进医院的。以后又摔坏了右腿。然而她那双眼睛还是那么明亮，满脸泛着微笑，说起话来和我初次见到她时一样柔和委婉。她身材仍然那么纤秀，穿着剪裁得体的中式衫裤，色泽淡雅，透出飘逸之感。

1953 年那次，冰心并没有意识到坐在她面前的女青年是个从小热爱她的作品的忠实读者。如今，她晓得了我就是和她的饼干老弟共过患难的生活伴侣，我完全可以无拘无束地和我所崇敬的这位老作家谈一谈了。但我蓦地记起大姐是为了给出版社赶译稿子而病倒的，送进医院抢救期间，跟我坐在同一个办公室的那部稿子的责任编辑曾十分焦虑。十年浩劫，大姐一家人不可避免地也受了冲击。如今，大地复苏，正在意气风发地加倍工作时，大姐的行动却不便了，该是多么遗憾！所幸凭着她精辟剔透的见解，奔涌的才思，不衰的记忆力，她依然笔耕不辍。我不想多耽误她宝贵的辰光。于是，就把亚的选集第一、二卷和一本1977年出版的《有吉佐和子小说选》（其中有我译的两篇）递给她后，替亚向她致了意，便起身告辞了。

1986年6月我从日本回国，看到冰心大姐的外孙陈钢常常来我们家串门。他当时还在念大学，专业是电子计算机系，课余爱好摄影。亚曾介绍他给《人民画报》投稿，那个刊物遂以整版篇幅刊出了钢钢为他姥姥和文化界老友（叶圣陶、夏衍、巴金、阳翰笙、钱锺书、杨绛、费孝通、赵朴初和亚等）所拍摄的合影。

1987年春间，亚听说冰心大姐要到叶圣老家去共赏海棠花，便又建议钢钢去拍摄这个盛举并写篇报道。钢钢是学工的，然而在家庭的熏陶下，中英文基础都很好。他果然写出一篇生动精彩的短文。不久，连同他拍的彩色照片一起，刊载在对外宣传的月刊《中国建设》（《现代中国》的前身）上了。当年秋天，叶圣老谢世，这也就成为弥足珍贵的纪念。

有一次，钢钢说他觉得"姥姥有点寂寞"，我们听了，不觉一愣。因为我们每次去拜访大姐，都看到她受到无微不至的照顾。二女婿陈恕的胞姐十年如一日地照料她的起居。二女儿一家人和她同住，三世同堂。晚上，住在附近的大女儿一家人也过来一道用餐。儿孙都这么孝顺，应该说是享到天伦之乐了。

冰心大姐是极重感情的。每次读她那篇《南归——贡献给母亲在天之灵》，我就禁不住热泪盈眶。如今，大姐那慈祥的父亲，相敬如宾的老伴，以及三个胞弟，先后都辞世了，尽管还有这么多人关心她，敬爱她，也无法弥补生活中的这一缺憾。有一次，我陪亚去看大姐。临告别时，亚到洗手间去了，屋里只剩下我和冰心大姐，她亲热地握着我的手，语重心长地说："我的三个弟弟都不在了。见了饼干，就像见了我弟弟一样。"

另外一次，天津一位女编辑到我们家来，托亚代她们杂志社向冰心老人约稿。亚先拨通电话，说明情况，接着由编辑在电话中直接谈，老人答应了。编辑是远路来的，很想去登门造访。老人回说："稿子我已答应了，写好后，给你们寄去就是，不必来了。"那位编辑挂断电话前，问大姐还有没有话对亚说。大姐说："请你转告萧乾，有空就来看看我。"

刚对那位女编辑说完"不必来了"，又要她转告亚"有空就来看看我"，我从而感到大姐对这位饼干老弟情意之深厚。尽管大姐门上贴了"医嘱谢客"的条子，来探望她的人还是不少。有预先打电话约好的，也有硬撞来的，尤其是外宾。她也只好接待。

前些日子就碰到这种情况。我们是照约定的时间（下午3点）去的，开门的陈大姐告诉我们，方才有一位日本客人，事先没打招呼就来了；我们进去一看，原来是和我有过一面之交的

124

日本岐阜教育大学教授、儿童文学家君岛久子女士（70年代末，人民文学出版社社长严文井曾要我为他和这位外宾做过口译）。君岛女士拿着一份报纸，想知道上面所刊载的"冰心儿童图书奖"的来由。我就按照大姐说的，用日语告诉她，要是想参加即将在人民大会堂举行的发奖大会，通过什么途径可以拿到票。中日这两位女作家还彼此赠送了各自的著作。

亚去拜访大姐，一向以不超过半小时为原则，而且那天下午，4点钟还有台湾客人来我们家访问，所以到了3点半，我们就告辞了。大姐不无抱憾地对亚说："下次你们来，再好好谈谈。"又小声略带调侃地朝我补上一句："你们走了，客人大概也坐不长，因为双方都是哑巴了。"

亚运期间，亚曾给《中国体育报》写了一篇《电视机前的遐想》，其中有这么一句："竞赛的决定性因素在后劲。"他对我说，五四作家当中，后劲最足的，莫如咱们这位冰心大姐了。大姐确实是宝刀永不老，气势越来越壮。卓如的《冰心传》，只写到1951年。我们翘盼着读她的续作，尤其这十年，冰心大姐真是大放异彩。

1990年11月4日

（原载《人物》，1991年第3期）

苦雨斋主人的晚年

一、学者型的翻译家

1956年4月4日，周作人在致鲍耀明的信中写道：

> 知海外报刊时常提及鄙人，无论是称赞或骂，都很可
> 感，因为这比默杀好得多。

近十几年来，研究周作人这个经历复杂的文化人的论著多了起来。50年代末直到"文革"前夕，由于工作关系，我曾与周作人有过颇为频繁的联系。我愿把我直接观察到的和间接听到的周作人的侧面，做些记载。

1952年8月，人民文学出版社开始向周作人组稿，请他翻译希腊及日本古典文学作品。1958年11月，出版社外国文学编辑部指派我负责日本文学的组稿、编辑工作，同时，向我交代了一项特殊任务：约周作人及钱稻孙二位翻译别人不能胜任的日本古典文学作品。当时，他们在出版社算是编制外的特约译者。7

年间，我曾向周作人组过四部稿子：《石川啄木诗歌集》《浮世理发馆》《枕草子》和《平家物语》，均系日本文学史上较为深奥的经典名著，现已出齐。我还请他校订过一部长篇巨著《今昔物语》，并鉴定过两万字的《源氏物语》中译文校勘记，重译过十万字的《日本狂言选》。

八道湾周宅是周作人一直居住的地方，我每次去联系工作，事先总写封信，并按照约定的时间到达。1949年以后，老夫妇和长子丰一一家住在后院的一排后罩房里，老夫妇住西边的三间。卧室靠西，书房与堂屋之间隔着一溜儿书架。老伴儿信子病逝后，周作人就独自睡在当年和钱玄同聊过天的榻榻米上。不论什么时候去，他的书房里总是窗明几净。书桌上只摆着笔砚、稿纸和原著，此外，连张纸片都不见。多年后我曾问过周丰一的妻子张菼芳，是否因为出版社有人来谈工作才特别收拾了一下。她说，周作人向来极爱整洁，书稿井井有条，工具书都各有固定的地方，用毕必放回原处。她还告诉我，周作人每天伏案工作达十小时以上，而且都是自己研墨，毛笔正楷，从来不用钢笔。他不打底稿，改动很少，考虑好了再下笔。

八旬高龄的周作人给我的印象是耳聪目明，头脑清楚，反应敏捷。他曾向我表示，译完《平家物语》后，日本文学当中他还有一部感兴趣的作品：十返舍一九《东海道徒步旅行记》。可惜由于"文革"浩劫，不但《旅行记》未能开译，连已动手的《平家物语》，他也未能译竣。近几年来，周作人的遗稿接连问世。《平家物语》在周作人译了七卷的基础上由申非续完，并于1984年由人民文学出版社出版，署名周启明、申非译。[1] 周作人译的《枕草子》与王以铸所译《徒然草》并为一卷，以《日本古代随笔选》的书名出版于1988年。《浮世理发馆》以及经他本人改译过的《浮世澡堂》，也和《平家物语》《日本古代随笔选》一样，作为《日本文学丛书》的一卷，出版于1989年，均署名周作人。这是他生前最为渴望，然而未能做到的。

早在30年代，周作人就涉足于中日比较文学。日本著名作家谷崎润一郎在《冷静与幽闲——对周作人氏的印象》一文中写道：

"（他）把江户时代的平民文学与（中国）明清俗文学加以比较，并称赞了一九的《东海道徒步旅行记》、三马的《浮世澡堂》与《浮世理发馆》的独创性，说明他最能够真正理解日本民族的长处。"

看看这位日本文豪对周作人学术的评价，使人感到，作为一位五四时期的翻译家，他确有独到之处。十返舍一九（1975—1831）和式亭三马（1776—1822）为日本两大滑稽小说家。前者的《东海道徒步旅行记》讽刺了江户时代一些人趋炎附势、阿谀逢迎、假充行家等卑劣行径，穿插了各地的风俗奇闻。后者的

1　1963年我听说周作人曾写信给有关方面，要求著译均恢复本名。上级嘱他写一篇检讨，发表在《光明日报》上，以便取得社会上的谅解。但他写出来的文章却通篇都是替自己辩解的话，故未予发表，因而他生前始终也未能如愿以偿。

《浮世澡堂》和《浮世理发馆》通过出入于澡堂子和理发馆的男男女女的对话，反映了世态人情，诙谐百出，妙趣横生。

新中国成立后，周作人为人民文学出版社译的日本古典作品，从8世纪初的《古事记》、11世纪的女官清少纳言的随笔《枕草子》、13世纪的《平家物语》、14世纪的《日本狂言选》、18世纪的《浮世澡堂》和《浮士理发馆》，直至20世纪的《石川啄木诗歌集》，时间跨度达一千多年。每一部作品他译起来都挥洒自如，与原作不走样。最难能可贵的是，不论是哪个时代的作品，他都能够从我国丰富的语汇中找到适合的字眼加以表达。这充分说明他中外文学造诣之深。我从事编辑工作近40年，遇到蹩脚的稿子，只得哑巴吃黄连：谁叫自己没有眼光，竟找了个不够格的译者。于是，为了对读者负责，就硬着头皮逐字校订，工作远远超过了编辑加工的范围。周作人的稿子，我也总是搬出原文来核对，但这是为了学习，不仅从未找到差错，遇到译得精彩处，还不禁拍案叫绝。

周作人每译一部作品，都力所能及地多找几种版本，然后选定自己认为最可靠的版本，如果个别词句和注释参考了其他版本，就在注文中一一说明。每部译稿，他必加上详细的注释，并在前言后记中交代作者生平、作品的历史背景、艺术特色等。他立论精辟，提纲挈领，深入浅出，恰到好处。

为人讲究作风，行文讲究文风，从事翻译，也应讲求译风。周作人对待外国文学翻译工作，态度谨严，仔细认真，是当作毕生事业来搞的。这方面，颇有值得借鉴之处。

他擅长翻译讽刺幽默作品，不但以传神之笔，译了日本文学史上这方面的两部代表作，还曾从古希腊文直接翻译过《伊索寓言》以及对希腊诸神进行喜剧式讽刺的《卢奇安对话集》（周作人的日记里写作"路喀阿诺斯的对话集"）。他还为人民文学出版社的古典部校订过《明清笑话四种》，该书于 1958 年 3 月问世。在引言中，他详尽地介绍了中国笑话的历史。

周作人搞翻译不仅结合研究，而且每译完一部作品，必在日记中写些感想。译毕《石川啄木诗歌集》，他就写道：

> 其实他（指石川啄木）的诗歌是我所顶喜欢的……日本的诗歌无论是和歌俳句，都是言不尽意，以有余韵为贵；唯独啄木的歌我们却要知道他歌外附带的情节，愈详细的知道便愈有情味。所以讲这些事情的书，在日本也很出了些，我也设法弄一部分到手，尽可能的给那些歌作注释，可是印刷上规定要把小注排在书页底下，实在是没有地方，那么也只好大量的割爱了。

周作人对译稿十分认真。他是一位学者型的翻译家。他原希望在书后多加一些注释，可是出版社要求他压缩从简，最后只好仅在页末略加几条简单的注释。他为此十分惆怅，甚至提起这部译作便觉得"没有多大意思""没有什么可喜的"了。

周作人有时给人以傲慢的印象。1952 年，他受上海文化生活出版社之托，曾为从事日译中工作的日籍翻译家萧萧（原名伊藤克）校订过高仓辉的《箱根风云录》。此书当年在该社出版后，又于 1958 年由人民文学出版社重排出版。一次，萧萧笑嘻嘻地告诉我，周作人曾感慨系之。他对人说："没想到我今天竟落魄到为萧萧之流校订稿子了。"言下流露出不屑的意味。但他既然答应下来，还是认真负责地完成了这项任务。

然而在名著面前，作为翻译家他是十分谦逊的。关于《枕草子》，他写道：

> 1960 年起手翻译《枕之草子》，这部平安时代女流作家的随笔太是有名了，本来是不敢尝试，后来却勉强担负下来了，却是始终觉得不满意，觉得是超过自己能力的工作。

其实，这部与《源氏物语》并称为日本平安时代文学双璧的随笔《枕草子》，周作人译得非常出色，这段话也说明他对自己的要求严格。

日本文学的译稿中，周作人自己比较满意的是《浮世澡堂》和《浮世理发馆》。早在 1937 年 2 月，他就在《秉烛谈》一文中介绍了这两部作品。50 年代译完它们，他写道：

> 我在写那篇文章 20 年之后，能够把三马的两种滑稽本

译了出来，并且加了不少的注解，这是我所觉得十分高兴的事。

周作人在日记和书信中屡次提及希腊作品《卢奇安对话集》。他生前写过好几次遗书，最后的"定本"执笔于 1965 年 4 月 26 日。关于此译作，他在这份最后改定的遗嘱中写道：

> 余一生文字无足称道，唯暮年所译希腊对话是五十年来的心愿，识者当自知之。

并在遗嘱前云：

> 以前曾作遗嘱数次，今日重作一通，殆是定本矣。[1]

世上有几位翻译家写遗嘱时，还念念不忘自己一生的译事呢？

二、他曾想赴台

30、40 年代，我家七个兄弟姐妹都曾在东华门孔德学校读

---

1 《卢奇安对话集》于 1991 年 9 月由人民文学出版社出版。

书。那是北京大学教授蔡元培、李石曾、沈尹默等所创办的，从幼儿园一直办到高中。周作人的三个子女（丰一、若子、静子）和三个侄子侄女（丰二、丰三、鞠子），也都在该校，这也就是我不知不觉间留意起周氏家族的命运的原因。

日本投降后，周作人以汉奸罪被判十四年徒刑。因沈兼士、俞平伯等十五位文化界人士联名写呈文致南京高等法院为他呼吁，乃减刑为十年。由于时局的变化，他实际上只在南京老虎桥坐了两年半的牢（在这之前，还在北平炮局胡同监狱关了半年）就假释出狱了。从他的回忆录中可知，在狱中他并未受任何皮肉之苦，并且还能从事翻译，看书写诗。

1949 年 1 月 26 日，周作人出狱后在友人马骥良家住了一宿，次日尤炳圻父子即将他接到上海，借住尤家的亭子间[1]。这位尤炳圻就是法国文学研究家李健吾的内弟。据洪炎秋说，周作人出狱前，曾托尤炳圻写信给他，表示了想赴台湾的意思：

> 周作人知道将被释放，叫尤君写信给我，说他想来台湾，问我有没有法子安置。我就找了老友郭火炎医师，向他借用北投的别墅共住，郭君满口答应，我于是立刻回信给尤君，告诉他住所已有，日常生活费用，我和老友张我军可以负责设法，可是他出狱后没能即刻来台，后来就断

1　见张菊香主编的《周作人年谱》，南开大学出版社 1985 年版，第 531 页。

绝消息了。[1]

当年 8 月 11 日，上海《亦报》上发表了一篇署名迟红的文章，题目是《周作人决定北归》。文中写道："胡适、朱家骅等曾邀之南下，许以教授席，拒不往，闲居门生尤某沪寓。"[2] 说明周作人出狱后，不是没来得及赴香港台湾，而是改变初衷。十二日，周作人就和尤炳圻一道回到他的第二故乡北平，最初借住在太仆寺街尤炳圻家里。当时周作人对于政治前景毫不摸底，生怕冒冒失失回八道湾，会给仍住在那里的家属添麻烦，所以才这么做的。直到 10 月 18 日，方由其子周丰一接回他从 1919 年就一直居住的那座四合院去。

这时北平已易名北京。周作人虽然没再坐牢，但在政治上，他的身份显然低于一般公民。他还是《毛泽东选集》中点了名的大汉奸。从 1953 年的第一次普选最可以看出他当时在政治上的处境。周作人的老友张铁铮写过一篇《周作人晚年遗事》，其中有这样一段话：

> 有一年值人民代表大会选举年，街道上照例用红纸贴出基层居民的选民姓氏光荣榜。我曾亲见选民榜上八道湾

1　洪炎秋：《我所认识的周作人》，香港《纯文学》第 1 卷第 5 期，1967 年 8 月号。
2　张菊香、张铁荣：《周作人年谱》，南开大学出版社 2000 年版，第 535 页。

十一号选民周信子、周芳子的大名，而周作人则榜上无名。

周信子和周芳子是分别嫁给周作人和周建人兄弟的一对日本姐妹。当时，周作人的政治身份竟连她们都不如。周作人曾向法院申请恢复他的选举权，但并未获批准。

1949年以后，周作人靠翻译及写些回忆鲁迅的文章等来维持生活，没有固定工资，更享受不到公费医疗。50年代初，周作人的儿媳妇张菼芳要求参加工作，他本人非常支持，他那位日本妻子却坚决反对。照周信子看来，既然她自己婚后从未就过业，儿媳妇就也应该待在家里围着锅台转。真难以想象，这位日本女人对于战后家里所起的变化似乎麻木不仁。她一心还想着要保持家规。

在一次谈话中，张菼芳告诉我，幸而她不顾婆母的反对，毅然去三十九中学当上了一名教员。几年后，她的丈夫周丰一被划为右派，工资降了好几级。"文革"期间，他的工资一度还被冻结，只能领到一点生活费。周作人生命的最后一年，主要依靠儿媳妇那点可怜的工资。她因受家庭牵累，教了十几年的书，从未加过薪，每月也就只有七十元。

三、稳定的十七年

从1949年到文化大革命为止的17年间，周作人的生活虽单调平淡却是稳定的。他每天伏案翻译，唯一的乐趣是偶尔和寥寥无几并同他一样潦倒的来访友人闲扯一通。其中，交往较密的是另一位头上也戴了文化汉奸帽子的钱稻孙。后者住在西四北受壁胡同，从东口外的报子胡同搭乘105路无轨电车，经过平安里和护国寺两站，就来到新街口。钱稻孙每次总是自带一小瓶酒，简单的下酒菜，边自斟自饮，边同难友海阔天空地神聊。周作人并不陪着老友饮酒，他操着浓重绍兴口音的蓝清官话，聊得同样起劲，只是他难得开怀大笑。我问过钱稻孙他们都谈些什么。他告诉我，他的叔叔钱玄同就是经常涉及的话题之一。

钱稻孙和他父亲都是家中的长子，所以他与最小的叔叔钱玄同同龄。他们都住在钱稻孙的祖父购置的受壁胡同那座大宅院里。钱玄同和周作人是1908年赴日本留学的莫逆之交。钱玄同生前，经常左臂夹着黑色公文包，右手拄着拐，前来拜访周作人。两个人在客厅里谈笑风生。聊累了，周作人便把他请到后院那间铺了榻榻米的日本式屋子里，四仰八叉地躺下来，继续高谈阔论。钱稻孙估计，兴许他们二人在日本一道听章太炎的《说文解字》讲义后，回到公寓，就曾像这样躺着聊过吧。再也没有第二个友人曾跟他如此亲密无间。

关于周家的一些消息，还是钱稻孙告诉我的。例如1962年的清明节后不久，周作人的日本妻子去世，钱稻孙也赶去吊唁。他说，周信子弥留之际讲的是绍兴话，而不是日语，使周作人大为感动。

除了钱稻孙，徐祖正每月也从西郊的北京大学进城来看望他一次。

周作人原先有不少藏书，大都是线装书，存放在中院的三间西厢房里。中院地势低，雨季经常漫水，因而取名为"苦雨斋"。那匾还是沈尹默为他写的，挂在中堂墙上。新中国成立后，这块匾随着众多藏书一道被没收了，书则给他留了一小部分。

1949年以后，周作人没什么余钱买书了，然而有些友人以及日本岩波书店还常有书寄赠，日积月累，又有了数千册。其中，他最稀罕的还是所余无几的旧书，有空就翻看，他开玩笑地说："这是炒冷饭。"

周作人最大的乐趣是给五个孙男孙女讲笑话。全家人聚在八仙桌周围共进晚餐时，他就讲些明清以及域外的笑话给他们听。看到儿孙们哈哈大笑，老人可开心啦。其实，孙儿们笑的往往并不是他讲的故事，而是这位健忘的爷爷。老人总来回说同样的笑话，他们觉得挺逗趣的。然而他们的笑，毕竟给了这位落魄的爷爷不少快乐。

"四人帮"垮台后，一部分抄家物资被发还了，其中有一部清代墨憨斋所编的《笑府》。原来老人讲的那些笑话，大多是出自这部老书。

50、60年代，周作人总是按月向出版社交稿。他亲自到附近的邮局去，挂号寄出，顺便买些稿纸、毛笔或点心回来。

他的老友钱稻孙喜欢摸骨牌。每逢我到他家去学习，总看见他边等着我，边玩骨牌。无独有偶，苦雨斋主人的消遣，除了闲聊，也是摸骨牌。他把那副小小骨牌收在名片匣里，工作累了时就一个人玩起来。家人问他在干什么，他说在"过五关"。后来周丰一也学会了，便向老父讨了去，用钢笔在匣上注明："这原是祖母的纪念品。"老人想玩时，便来取。他又在匣子上贴了张纸片，更正说："这是曾祖母的遗物。"孙儿们看了，说："那么这该是咱们的传家宝喽。"

从经济情况来说，1955年1月至1959年12月，人民文学出版社按月预付给周作人稿费二百元，而对另一位特约译者钱稻孙，当时则只预付一百元。这数目当然是上级决定的。1960年1月起，进而增加到四百元，同一时期，则只给钱稻孙每月一百五十元。当然，周作人的交稿量也比钱稻孙多，他每月都必有稿子寄来。

1964年，全国城乡掀起社会主义教育运动（即四清）。当时周作人译的是古典作品，但即使拿最高的稿费标准算，他历年预支的稿费也大大超过了他已交的稿子所能得到的报酬。于是，决定把他的待遇减半。出版社领导怕我只身去还不足以说服周作人，便先后两次派一位党员同志陪我一道去向他说明。这样，自1964年9月起，预付给他的稿费就由每月四百元减为二百元。当时他那久病的老伴已去世，否则付医药费会给他带来困难。

1960年以写信争取到较高待遇的知堂老人又一封封地写起信来，有几封寄到出版社，有的寄给上级。然而，再也没有人理睬他了。他哪里知道，这次的减半，其实就是红色风暴的预兆。

我最后一次去看望周作人，是 1965 年 2 月 22 日。那天我是去约他翻译《平家物语》的，他当即答应了。当年 11 月上旬，我赴河南林县参加社会主义教育运动，走前收到了《平家物语》一、三至七卷。从他生前最后这个阶段的翻译来看，速度和质量都不减当年。倘若再给他两年时间，完全可以把《平家物语》和《东海道徒步旅行记》译竣。

那场连国家主席都未能幸免的浩劫，岂能绕过这样一个历史上本来就有污迹的老人。

四、一块手表救了他

1966 年形势急转直下，出版社的业务陷于瘫痪状态。当时的"革命"措施之一，就是自当年 6 月起，停付周作人、钱稻孙的预支稿酬。到了 6 月中旬，两位不谙外间事的老人还曾分别写信来质问此事。我把信交给了财务科，并回信向他们解释说，这件事我实在无能为力。那阵子，在如火如荼的群众运动中，"三名三高"遭到炮轰，历史清白的著译者尚且遭贬斥，何况有污迹的，更是活靶子。事实上，他们所译的作品早已被斥为"大毒草"，而 50 年代以来出版社领导在上级指示下利用他们的专长，组织他们翻译作品，并预付稿酬，就更被痛斥为"招降纳叛"。

"文革"前，领导常常说："要趁着周作人、钱稻孙还健在，请他们把最艰深的古典作品译出来，并花高价买下。现在不能出版，将来总可以出版。"就文化积累而言，这本来是颇有卓见的。"文革"期间，这番话被攻击成"为资本主义全面复辟做准备"，当时社领导统统被关进了"牛棚"。

这项经济来源断绝后，周家就靠周丰一夫妇的工资来维持。那时周作人的大孙女和孙子已大学毕业，能自食其力了，但加上老保姆，尚有八口人。日子之紧，是可想而知的。

6月25日，张菼芳陪着她老公公到协和医院去看病，确诊为前列腺肿瘤（5月间因发现尿中有血，也曾去过一次协和，未确诊）。周作人不属于任何单位，也就享受不到到公费医疗。还是老友徐祖正，尽管自己也不宽裕（他也因被错划为右派，降了级），赶紧派妹妹送来五十元作医药费。不过，大夫说，这是良性的，不需要割除，也不会发展。这以后，他再也未去过医院，所以社会上所传他死于前列腺癌一说，不确。

"文革"中，周作人当然是在劫难逃。

周氏三兄弟的母亲鲁老太太是1943年去世的。她的牌位和周作人的女儿若子（豆蔻年华就因日本大夫误诊而死）、周建人的儿子丰三（敌伪时期为了抗议伯父附逆而饮弹自杀）的牌位一道，一直供奉在周作人家的佛龛上。周作人的日籍妻子羽太信子生前，每餐必先在牌位前供上饭食。

1964 年，我去参观过鲁迅博物馆。那是以宫门口西三条的鲁迅故居为基础而盖起来的。鲁老太太在世时住过的屋子里，挂着她的巨幅遗照，受到参观者的景仰——因为她的大儿子是鲁迅。而同一位老太太的牌位，只由于供在二儿子周作人家，"文革"中就也跟着遭了殃。

1966 年 8 月 22 日，一群红卫兵冲进八道湾周家，首先砸的就是鲁母的牌位。那副历代相传的精致的骨牌，自然也在一片混乱中失踪了。

然而周作人一家人总算不曾为风暴整个摧残，这要归功于一块手表。23 日下午，红卫兵的一个女头头曾勒令周丰一交出手表。他自然马上乖乖地摘了下来，交给她了。

到了 24 日早晨，红卫兵索性把房子统统查封，并将周作人拉到院中的大榆树下，用皮带、棍子抽打。那位女头头揣进口袋的那块手表大概起了点作用。她厉声关照说："不要打头部，得留下活口，好叫他老实交代问题。"及至周丰一从北图回来吃午饭，他们便把他扣下。当时年已五十四岁的丰一只好代老父挨打。小将们对丰一可就毫不留情了，以致他的右腿被打坏，顿时昏死过去。直到二十四年后的今天还有后遗症，经常发麻，行走不便。当时，周作人的几个孙男孙女自然也跪在旁边"陪绑"。

周家的后罩房正对着"老虎尾巴"——即正房后身加盖的一大间屋子，门就开在后院。当天晚上一批红卫兵占领了这间屋子，以便监视周氏一家老少。于是，周作人只好蜷缩在后罩房的屋檐底下，后来他两腿实在支持不住，就干脆卧在地上了。这样过了三天三夜。幸而他们还有个老保姆，她住在西跨院。她把炊具搬到自己屋，凑合着给他们做点简单的吃食，悄悄地送来。

及至下起雨来，周作人的儿媳张菼芳便硬着头皮去找红卫兵。她央求说："我们也不能老待在露天底下呀，好歹给我们个安身的地方吧。"

周丰一家七口人住的四间房中，有一间半和周作人所住的那三间有门相通。靠东边的两间半则是用墙隔死了的，所以红卫兵便启开封条，叫他们待在那里。至于周作人，只允许他睡在洗澡间。后院的东墙根下有两间平房，北边那间是厨房，南边的是日本式澡堂。周作人在《我的工作》（六）一文中曾对自己《浮世澡堂》这部译作表示过满意，当他进入耄耋之龄竟然躺在自己家澡堂的踏板上时，真不知他曾作何感想？澡堂里格外潮湿，适值夏末初秋，这位曾经养尊处优的知堂老人，此刻给成群的毒蚊子咬得体无完肤。

不久，周丰一作为"摘帽右派"，被揪回北图关进"牛棚"。半个月后张菼芳目睹知堂老人的凄苦，实在于心不忍，就向红卫兵求了情，算是在漏雨的小厨房的北角为老公公东拼西凑搭了个铺板床，让他卧在上面。

五、但求一死

红卫兵为周家规定了生活标准：老保姆是十五元，周作人是十元。他们向粮店打了招呼：只允许周家人买粗粮。周作人因牙口不好，一日三餐只能就着臭豆腐喝点玉米面糊糊。由于营养不良，又黑间白日囚禁在小屋里，他的两条腿很快就浮肿了。在中学当教员的张菼芳，每天还得到学校去集中学习。但回家的路上，她不时地到药铺去为公公买点维生素片，或到副食品商店去买些松软的糕点。待监视的红卫兵睡熟后，就蹑手蹑脚地踅进小屋去，偷偷塞给周作人。老公公每次都感激涕零地念叨："我还不如早点死掉算啦，免得这么牵累你们。"

在这样的情况下，红卫兵还逼迫老人写揭发"黑帮头目"周扬等人怎样豢养他的罪行。他的笔砚都被查封了，而他又不习惯写钢笔字。这时，儿媳妇张菼芳找来了还在上小学的幼子用的小砚台、半截墨和一支秃毛笔。小厨房里又没有桌椅，周作人就坐在铺板上，把老保姆从垃圾堆里捡来的废纸摊在案板上，吃力地写起交代材料。这就是苦雨斋主人在生命最后一段时日执笔的情景。

时间一久，红卫兵不免白天离开设在周家的大本营，去冲别处，看管得没那么严了。每逢红卫兵倾巢而出，张菼芳便连忙把公公搀扶到门外，让他吸点新鲜空气，晒晒太阳。9、10月间，周作人曾两次交给张荬芳写好的呈文，叫她背着红卫兵交给派出所。两份呈文用的均是皱皱巴巴、每张四百字的红格子稿纸。过去周作人翻译作品，都是用这种稿纸。大概是由于有点破损，他随手丢进了废纸篓，还是老保姆打扫房间时，收起来的。

两份呈文都很短，内容差不多，大意是：共产党素来是最讲究革命人道主义的，鄙人已年过八旬，再延长寿命，也只是徒然给家人添负担而已。恳请公安机关，恩准鄙人服安眠药，采取安乐死一途。

周作人选择这一不同寻常的步骤，可能是出于几种动机。首先，受到这般凌辱，他确实活不下去了，然而他还想通过合法程序去死。其次，也许他在万念俱灰中，还存着侥幸心理：希望驻地派出所的民警将他的问题反映上去。他已经被逼到这步田地，难道还不发发慈悲？当然这里还包含着这样一种可能：就是以请求安乐死的方式，来向迫害者抗议。等于说："你们逼得我只剩下死路一条了。"

不论是出于何种动机，总之还是落了空。"请准予赐死"的呈文交上去后，就石沉大海，无人理睬。

其实，第二次的呈文，张荬芳并未交到派出所。红色风暴一开始，不论日记还是书信，周作人都不可能写了。张荬芳觉得这份用秃笔写在烂纸上的呈文，浸透着老人的血泪，诉出他发自肺腑的哀号。她把这张纸悄悄地夹在一本书里，满心想保存下来。岂料接连又被抄了几次家，这份呈文连同那本书也不知下落了。

周作人曾亲口对我说过，多年来他的头发都是由附近的一位理发师每月一次上门为他理。记得我们是从他翻译的《浮世理发馆》谈起的。红卫兵的看管放松后，那位上了岁数的理发师居然又上门来为他服务了。可是不久，老人就再也不需要理发了。天冷后，张菼芳还给公公装上了炉子，并用旧报纸把窗缝糊严。就这样，总算将 1966 年的严冬对付过去。

住在小东屋，冬天还能靠炉子取暖，真正难熬的是三伏天。不过，这位知堂老人并未活到那个时候。1967 年 5 月 6 日早晨，张菼芳照例给公公倒了马桶，为他准备了一暖瓶开水，就上班去了。红卫兵规定，周作人这间小屋平素是不许进人的。屋里，只有过去做厨房用时装的自来水管以及洗碗槽、灶头等，连把椅子也没有。那几个月，周作人基本上是躺在铺板上过的。那天中午，照例只有老保姆和周作人在家吃饭。老保姆在自己屋的房檐下熬好玉米面糊糊后，给周作人盛来一碗。他吃得干干净净，保姆并未发现他有什么异常征候。

"文革"开始后，周作人被软禁的那间平顶小东屋一直不许挂窗帘。于是，经常不断有陌生人大模大样地走进后院，隔着玻璃窗，好奇地望望这位被打翻在地又踏上一只脚的老翁。热闹瞧够了，门前逐渐地也就冷落了。

这一天下午 2 点多钟，住在同院后罩房西端那两间屋里的邻居，偶然隔着玻璃窗往里看了看，只见老人趴在铺板上一动也不动，姿势很不自然。他感到不妙，便赶紧打电话给张菼芳，把她从学校喊了回来。

张菼芳奔回家后，发现老公公浑身早已冰凉了。看光景，周作人是正要下地来解手时猝然发病的，连鞋都没来得及穿就溘然长逝了。

大约在1967年4月末，周作人曾屡屡对儿子念叨说，他不想再活下去了。老人说："我不如死掉还舒坦一些，也不想再连累你们大家了……尤其是菼芳，她是外姓的人，嫁到周家，跟着咱们受这份罪，实在对不起她……"

老人竟还风趣地补上一句："我是和尚转世的。"

他是以一种视死如归的心情极其平静地谈到自己的死的，家人听了，也不曾当真。及至周丰一闻讯从"牛棚"里赶回来，面对着乃父的遗体，他才蓦地想起约莫一周前老人所说的想寻短见的话。这位苦雨斋主人的遗容非常安详，仿佛在沉睡着一般，丝毫没有痛苦的痕迹。

在当时的情形下，家属不可能把遗体送到医院去查明死因，只好匆匆销了户口，送到八宝山去火化了事。甚至骨灰匣他们也没敢拿回来，就寄存在八宝山。但那里只肯保管三年，过期不取，就照规章予以处理。然而，不出三年，这一家人或插队，或去五七干校，早已各奔东西了，哪里还顾得上老人的骨灰！

周作人早在1952年过六十六周岁生日时，就曾在日记中写下"寿则多辱"一语，到了1964年，虚岁八十时，他竟请人将此语刻成闲章。知堂老人不幸而言中！只因活得太长了，生命的最后九个月，他确实受尽了凌辱。

六、功过自有定论

从 1949 年到 1979 年那三十年间，关于周作人的评价很简单，就是文化汉奸而已。1979 年以后，随着形势的变化，许多"反革命"（如胡风等）平反了，右派也大多改正了。人们对周作人的看法也开始从铁板一块到趋于复杂化了。首先提出的是，应不应由于他在抗战期间失节，就对这位五四新文学先驱一笔抹杀？另外，也有人甚至对他的失节，也打起折扣来。例如 1986 年 9 月 4 日的北美《时代报》曾刊载消息说：新近出版的南京师范大学《文教资料》1986 年第一期，以《关于周作人的一些史料》为题，发表了一组史料，对周作人出任伪职提出了新的说法……原中共北平特委书记，后任山西省政协副主席王定南，和其他知情的中共党员多人的回忆文章和访问记录，从不同角度说明周作人当时出任伪职是为了抵制顽固派缪斌。因为原华北总署教育督办汤尔和死后，顽固派缪斌企图递补。

在此种局势下，北平中共特委书记王定南请周作人出任伪职，并交代了两条原则，即周在任职中要"在积极中消极，在消极中积极"。

针对当时社会上出现的诸如此类的言论，北京鲁迅博物馆鲁迅研究室曾就周作人在敌伪时期的思想、创作诸问题，召集部分专家、研究者开会进行研讨。香港《文汇报》还发表了陈福康的《周作人是否汉奸》一文（1987年1月14日、15日），报道了会上的发言。与会者各抒己见，"但对周氏曾经背叛祖国堕为汉奸一事，则一致认为无法推翻"。

周作人在致鲍耀明信中，关于出任伪职事是这么谈的："关于督办事，既非胁迫，亦非自动（后来确有费气力自己运动的人）。当然是由日方发动，经过考虑就答应了，因为自己相信比较可靠，对于教育可以比别个人出来，少一点反动的行为也……此外又任华北综合调查研究所副理事长，当时友人也有劝我不要干的，但由于上述的理由，遂决心接受。"[1]

其实，晚年的周作人，对死后的荣辱倒是看得很淡的。他在1965年4月8月的日记中曾写道：

> 余写遗嘱已有数次，大要只是意在速朽，所谓人死，销声灭迹，最是理想也。[2]

同年26日，他又在最后改定的遗嘱中写道：

---

1 见《周作人晚年手札一百封》，香港太平洋图书公司1972年版。
2 见《周作人年谱》第671页。

余今年已整 80 岁，死无遗恨。姑留一言，以为身后治事之指针。吾死后即付火葬，或循例留骨灰，亦随便埋却。

然而像周作人这样一位历史道路曲折，却仍不失为五四以来中国新文学史上具有一定重要性的作家、学者、文化人，是不可能如他本人所设想的那样"销声匿迹"的。近年来，国内关于他的各种评论、史料、回忆文章和专著（如钱理群新近完成的长篇力作《周作人传》）如雨后春笋般涌现，海外（包括英国东方学院的大卫·波拉德教授）也有不少汉学家从事着周作人的研究。

在五四文学的研究工作中，周作人仍是一个重点。他既从事写作，又搞翻译。他不但与鲁迅是同胞兄弟，两人一度还曾并肩战斗过。他遗下不少手稿有待整理。他有个保存来信的习惯，1966 年抄家后，其中一万多封辗转送到了鲁迅博物馆，而今均已发还给遗族，其中不少是具有史料价值的：如陈独秀、钱玄同、沈尹默、钱稻孙以及李大钊夫人和子女们给他的信函。

1927 年 4 月 6 日李大钊被捕。28 日，壮烈牺牲。他生前与周作人交好。李大钊被捕时，周作人把他的长子李葆华接到自己的住处隐藏。李大钊慷慨就义后，周作人安排在孔德学校就读的李星华（李大钊长女）为学校刻蜡板，用工读的办法完成学业。毕业后又让她在伪北大会计科当出纳员。

1939 年 9 月，李大钊的次女李炎华及其丈夫侯辅庭来到沦陷了的北平，周作人为侯辅庭在伪北大找了个职员的工作。后来侯辅庭返回冀东去打游击，周作人义无反顾地答应替他关照家小。李星华和她弟弟李光华则去了延安。动身前，周作人帮助他们预支薪金当路费，还办妥了"良民证"（出城需要出示）。当时周作人曾嘱咐李星华向延安的毛润之先生问好。不过，由于沦陷时期周作人已附逆，李星华未向毛泽东提此事。那批信件中，当然也不乏敌伪时期周作人为街坊们帮忙而收到的感谢状。他失过足。我们却从贾芝的文章得悉他一生也做过许多好事。他无疑是20 世纪中国文化史及文学史上一位悲剧式人物。

西方对于在第二次世界大战中失足的作家都有合乎实际的评价。我相信，未来的史家对周作人的评价也会是全面客观的。

附记：

本文系《晚年的周作人》（《读书》，1990 年 6 月号）和《1949 年以后的周作人》（《随笔》，1991 年第 5 期）二文补充合作完成。

周作人及其儿孙

20世纪20、30年代，北京有一些知识分子家庭喜欢把子女送到东华门的孔德学校去念书。也许他们欣赏这座以法国19世纪的实证主义哲学家的名字命名，并实行尊重个性的道尔顿教育法的学校。

这所学校是蔡元培和几位北京大学教授创办的，李大钊、周作人、周建人、钱玄同、钱稻孙、沈尹默的子女都曾在这里就读过。周作人还教过孔德高中一年级国文，李大钊的儿子李葆华是那个班的学生。周作人在1934年12月所作《孔德学校纪念日的旧话》一文中，肯定了孔德学校"想让学生自由发展，少用干涉，多用引导"的宗旨，还说该校"把学生当作树木似的培植起来"。他表示希望以后仍旧如此坚持下去。

孔德学校实行12年一贯制，并附设幼儿园，所以各家都是五六个兄弟姐妹同时在这所学校读书，煞是热闹。我只在孔德学校念过一年（1933年秋至1934年夏）书，随后就跟家人到日本去了，但是我的四个姐姐先后均在该校就读，所以我对她们那些同学的情况十分熟稔。

在孔德，就数周家六兄妹引人注目，原来周作人的日本妻子羽太信子于1912年生下周丰一后，便把胞妹芳子从日本接来，帮忙照顾娃娃。接着，她生了周静子和周若子。芳子后嫁给了周建人。1919年全家人从绍兴搬到北京八道湾，周建人"在八道湾只住了一年八个月，于1921年9月初到上海商务印书馆谋生去了"（见周建人：《鲁迅和周建人》，刊于《新文学史料》，1983年第4期），他的日本妻子则带着三个儿女（周鞠子、周丰二、周丰三）一直住在八道湾。一般同学都到学校的饭厅或附近的小铺去吃，中饭周氏兄妹却总乘包车回八道湾去吃，足见家里对他们的宠爱。1929年，年仅15岁的周若子因日本医生误诊而死。同学们都知道周作人对此极为愤慨。据说若子弥留之际，还颤巍巍地唱着俄罗斯民歌《伏尔加船夫曲》。

我大姐文桂新和二姐文树新一道考入师大附小的时候，分别是5岁和4岁。后来转入孔德学校，比同学们小。由于父亲自1916年就在中国驻日使馆工作，这对姊妹花的穿戴，学习用品不乏日本货。而周氏姐妹的母亲是日本人，给女儿起了日本名字（静子、鞠子、若子）。也许是由于这个原因，两家女孩儿就有了交情。1931年我大姐和二姐双双进了东单三条的圣心学校，大姐入的是法文班，二姐入英文班。然而，我三姐文棣新、堂姐文和新（她在我们家住了好几年，和我三姐同班）、四姐文槿新仍在孔德读书。

我大姐曾把周家全盛时期的房屋格局讲给我听：八道湾周

家的前院与中院之间，是一排南北房。当年鲁迅就是在这里写《阿 Q 正传》的。这排房子的西端是门洞，穿过去，有个屏门，这就进了中院。周作人夫妇住在正房。

中院西边，还有个很大的跨院，房屋也不少，后院是一溜九间后罩房。

我大姐后来易名馥若，她和周鞠子、周静子的友谊一直持续到离开故土。1947 年秋，她赴美留学去了。1941 年，馥若毕业于辅仁大学女校的西语系，还是托鞠子和静子向周作人说项，才在北大红楼弄到一份给系主任徐祖正当助教的工作。也就是那一年，周建人的小儿子丰三用手枪自杀（年仅 20 岁），给全家人的震动不小。

当年 1 月 1 日，周作人出任伪教育总署督办，周鞠子私下里对馥若说，她弟弟的死是对伯父的一种抗议。刚跟着周作人从外面回来的保镖，将手枪摘下来放在桌上。周丰三抽冷子就把手枪抄走，对准自己的太阳穴开了一枪。大家闻声赶去时，他已气绝身亡。

那时周静子已结婚。北平沦陷前，丈夫只身去了大后方，她带着两个小儿子住在娘家。她是周家的独女，父母固然待她很好，但她说，不得不经常给底下人赏钱，否则他们不买她的账，不肯伺候她。那几年我们通常只能吃到小米棒子面。馥若告诉我们，她看见静子的小儿子向厨娘讨一团和好的富强粉，捏面人儿玩。我们仅有的几件像样的玩具（从日本带回来的有铁轨的火车等以及我在圣心学校考第一名获得的奖品：一本厚厚的"动物影集"），馥若姐也拿去送给了静子的那两个小儿子，我们知道馥若姐是为了活动差事，她不愿意白托人情，但又买不起礼物。当时我们都清楚，光靠房租家里是难以维持的，姐姐一旦有了固定的收入，对一家人来说不无小补。

当时周丰一也已成了家，他的大女儿叫和子，比两个表哥小。最有趣的是，羽太信子对自己的子女虽一视同仁，却偏爱孙女。也许因为外孙不再姓周了。她常说，我不喜欢男孩子，喜欢女孩儿。瞧，我们和子的一双眼睛多"水流"啊。她要说的其实是"水灵"。语音咬不准，家人在背后就议论说："可不是'水流'吗？成天哭。"不过，她后来也有了孙子，因为周丰一夫妇一共生了三女二男。

1947年我大姐出国后，我们就和周静子、周鞠子失去了联系。新中国成立前夕，母亲把西院租给一家姓向的房客，他们原来住新街口一带。他们家那个8岁的女儿与周作人的孙女美和（和子的学名）同班，谈起和子在西直门一带的那座教会学校是个品学兼优的学生，经常受到老师的褒奖。

我是1958年11月开始负责日本文学编辑工作的。当时领导上交给我一项任务：定期和周作人联系，请他翻译别人所不能胜任的深奥的日本古典名著。直到1965年11月赴河南林县参加"四清"为止，我足足和他打了7年的交道。有时写信联系，有时去他家。

待50年代末至60年代中叶我去周作人家联系工作时，他那个宅门儿已经变成了大杂院儿。

1949年以后，后罩房靠西头的三间，成了周作人夫妇的住房。周丰一全家七口人，住中间的四间，东头的两间搬进了一家街坊。这三间屋，布置得相当雅致。左手的一间铺了榻榻米，作为卧室。周作人的老妻羽太信子卧病后，为了便于照顾，为她在堂屋尽头安置了一张床，让她睡在上面。右手光线充足的一间，是周作人的书房，书桌就摆在窗下。房里沿墙都是书橱书架，摆满了参考书、工具书，拿起来很便当。书房的北角有扇小门，通到周丰一夫妇的房间，这样，两位老人随时可以得到儿子儿媳的照顾。

有一次我看见他们那个最小的孙子，正举着自己在幼儿园画的彩笔画让奶奶看。他是用日文招呼奶奶的，喊她"欧巴将"。后来此画便用图钉钉在周作人书房的柱子上了。堂屋和书房之间没有隔断，羽太信子躺在床上，便可以看见工作中的老伴儿。这位老太太很幸运，没赶上"文革"，1962年4月就病逝于北大医院。这个消息还是钱稻孙告诉我的。钱稻孙到周家去吊唁后对我说，羽太信子病笃说胡话时，讲的居然是绍兴话，而不是日语，使周作人大为感动。

商务印书馆的编审冀勤告诉我，她曾在公园里见过周作人夫妇。这对老夫老妻安详地坐在长椅上，相敬如宾，其乐融融。倘非知堂老人在日记中作了描述，外人怎么能得悉这位信子

1951 年以后曾因患癔症，给了她的丈夫多大的精神折磨呢。

60 年代初，有一次谈完工作后，我顺便向周作人问起周静子和周鞠子。他说，静子一家在西安，如今已有三男二女。鞠子也结婚了，随丈夫去了唐山，有一女二男。我还问起过周作人的大孙女周和子的近况。周作人告诉我，和子即将大学毕业了，跟她挨肩儿的妹妹也入了大学。有一天，周作人同我谈起他译过的《浮世理发馆》时，忽然把话题扯到他自己的理发问题上。他说他的头发总是由一个熟悉的老理发师上门来理。

周家还有个在他们家佣工多年的老保姆（所谓老家人），亲如一家，她并未因日本投降后周家境遇的变化而离开他们。每次到周家，我总是感到周作人的工作效率是与安定的生活环境分不开的。由于得到家人的一如往昔的照料，晚年的他才能够潜心从事著译。

我头一次见到周作人，是在 1959 年，当时他已 74 岁，不论冬夏，他都穿着干净朴素的中式裤褂。稀疏的花白头发推成平头，腰板挺得直直的，身子骨看上去还硬朗。他态度拘谨，话语简洁，隔着镜片（眼镜也是老式的）以锐利的目光冷峻地看着你。他给我的印象是：他始终也不曾忘掉早年享有的盛名，所以战后 20 年来遭受的冷遇，使他不知不觉地变得有些矜持了。他同我打交道时，喜怒哀乐从不形之于色，常常使我想到日本古典戏剧演员所戴的面具。谈工作时，他的话语多一些，如果谈完工作，我还想扯上几句别的（其实，我是觉得谈完正经事提起脚来就走掉不大礼貌，才这么做的，我一直想让他知道：尽管他在政治上栽过跟头，我还是尊重他的学问的），总是我问一句，他客客气气地答一句，决不饶舌。每次我告辞，他总要亲自送我到堂屋门口，目送片刻回转身去，然而我不曾看到他哪怕是出于礼数而朝我露出一丝笑容。

周作人译的《石川啄木诗集》出版是我经手约的，也是我负责发的稿。说实在的，当年我还太年轻，未能真正理解他的水平。相隔几十年再编他的遗稿，才发现他加的众多注释，他对难度较大的段落的处理，以及经他校订的稿子，有大大值得我们学习借鉴之处。

1990年6月，时任中央文史馆馆长的萧乾与副馆长启功一道赴沪开会，在衡山宾馆下榻。我陪萧乾，启功则由文史馆王俊山处长陪伴。吃饭的时候，我问启功："启老，您是怎么被划成右派的？"

启功一不像萧乾那样多嘴多舌，二不写杂文，他回答得很干脆："凭着我的出身，我能不是右派吗？"

大有我不下地狱，谁下地狱之慨。

1973年7月我从干校回到人民文学出版社外文部的工作岗位上以来，我和周丰一打过二十几年交道，从未问过他为什么会被打成右派。凭着他是周作人的儿子，又跟周作人住在一起，划不清界限，这顶右派帽子就逃不掉了。周丰一在北图东方组工作，我常去借书，也向他组过稿。但我始终觉得，他未能从父亲周作人的阴影里冲出去。他的中日文功底都很扎实，却没有译多少东西，于1997年去世。享年85岁。

周丰一的夫人张菼芳是一位坚强的女性，最后那几年，只要我打电话给周家谈工作，如果是周丰一接的，他就立即让夫人代接。

周作人的五个孙男孙女，均学有所成，在各自的岗位上发挥作用。在动荡的年月，不论是下放到兵团，还是在工厂劳动，他们的表现都不凡。

周作人校订的《今昔物语》，几年后可望出版。那是日本部头最大的古代故事集，大约是12世纪上半叶编的，编者不详。全书共31卷（现存28卷），一至十卷是印度和中国的佛教故事，当初略而未译。50年代约北京编译社翻译时，是从第11卷开始译的。尽管以佛教故事为主，但三分之一以上篇幅反映了日本古代社会各阶层的生活。北编把20卷译完后，我请周作人将全文校订了一遍。进入新世纪，又请北京日本学研究中心补译一至十卷，目前正在翻译中，这大概是读者所能看到的知堂老人最后的文字工作的成果了。当然，经他校订润色，译文水平提高了不少。

2004年3月28日

周作人与谷崎润一郎

在日本军国主义者发动的侵华战争中，周作人一失足成千古恨。尽管1949年以后出版社还约他翻译古希腊作品和日本古典名著，并有《鲁迅的故家》《鲁迅小说里的人物》《知堂回想录》等著作和不少单篇文字问世，但生前始终未准许他在文前署上本名。

在漫长的战争岁月中，日本作家谷崎润一郎却保持了晚节。例如，侵华期间日本军部曾组织作家们到被占领的中国大陆，要他们写替侵略战争呐喊的报道，谷崎却坚决予以抵制。

战后，谷崎担任日中文化交流协会顾问，并曾在1957年2月号的《心》杂志上发表《欧阳予倩君的长诗》一文。欧阳予倩逝世后，谷崎又以《怀旧友欧阳予倩君》为题，在日中文化交流协会编印的月刊《日中文化交流》（1962年11月号）上发表谈话，谴责日本侵华以后"中日关系陷入了可悲的不幸状态，日本军阀作威作福，迫害中国人民"。并记起"我曾有机会到中国去，但我不愿受军阀利用，更不愿意看到军人那种耀武扬威的样子，所以再也不曾去中国"。

　　周作人于 1906 年至 1911 年间留学日本，在日本现代作家中，他对比他小一岁的谷崎润一郎很是推崇。1935 年 6 月 15 日，他在《冬天的蝇》一文中写道："这几天读日本两个作家的随笔，觉得很有兴趣。一是谷崎润一郎的《摄阳随笔》……《阴翳礼赞》与《怀东京》都是百十页的长篇。却值得一气读完，随处遇见会心的话……"1936 年 8 月 8 日，他又写道："我写下这个题目，便想起谷崎润一郎在《摄阳随笔》里的那一篇《怀东京》来。已有了谷崎氏的那篇文章，别人实在只该搁笔……"[1]

　　1936 年元旦，周作人又在《宇宙风》第八期上发表《二十四年我爱读的书》，他开列的是：

　　一、永井荷风：《冬天的蝇》

　　二、谷崎润一郎：《摄阳随笔》

　　三、罗素：《闲散随笔》

　　以上三种均系散文集，1935 年出版。

　　谷崎润一郎的汉学造诣很深。他曾在秋香塾攻汉文，十几岁时就能赋汉诗。1918 年，他只身来我国东北、北京、天津、汉口、九江及江浙等地游历；返国后写《苏州纪行》《秦淮之夜》《西湖之月》等。1925 年他又访华，在上海与郭沫若、田汉、欧

---

1 《瓜豆集·怀东京》。

阳予倩等中国作家结识，回国后写《上海交游记》。

周作人在 1936 年 7 月 5 日致梁实秋的信中畅谈日本文学，并将此函收在《瓜豆集》里。该书于 1937 年 3 月出版后，谷崎不久就读到了。他在《冷静与幽闲——周作人氏的印象》一文中，作了如下的评论："关于日本文学，他（周作人）说：'《源氏物语》54 卷（周作人文中误作 52 卷，谷崎引用时已予以更正）成于 10 世纪时，中国正是宋太宗的时候，去长篇小说的发达还要差 500 年，而此大作已经出世，不可不说是一奇迹……这实在可以说是一部唐朝《红楼梦》，仿佛觉得以唐朝文化之丰富本应该产生这么的一种大作，不知怎的这光荣却被藤原女士抢了过去。'他又把江户时代的平民文学与明清的俗文学加以比较，称赞了十返舍一九的《东海道徒步旅行记》、式亭三马的《浮世澡堂》与《浮世理发馆》的独创性，确实说得上是最了解日本民族之长处的人。"

自 1957 年至文化大革命前夕与周作人有过交往的原四中教员张铁铮在《周作人晚年遗事》（香港《大成》杂志第 201 期）一文中说，当时住在香港的鲍耀明（现已移居加拿大）曾为谷崎与周作人之间取得联系。1961 年，谷崎的《疯癫老人日记》开始在《中央公论》上连载，转年 5 月出版单行本，立即销售一空。同年 6 月就印到第七版，被视为当年日本文坛上最轰动的一部作品。这部长篇小说着重描写一个 77 岁的老人虐待狂的变态心理。出书后，谷崎给周作人寄来一部豪华版。据张铁铮回忆，他曾在周作人八道湾的寓所里翻阅过这部装帧精美的书，"扉页有谷崎的签名，并写有周先生的上款"。周作人没有什么可回礼的，只好"拿出一枚刻有自己名字的铜印章，比一般略大，兽纽、雕镂之精是我（张铁铮）于铜章中所仅见"，并托在故宫工作的金禹民"磨去原字"，用小篆刻上"谷崎润一郎"五字，作为回赠。

谷崎于 1965 年 7 月 30 日上午在神奈川县的寓所逝世，享年 77 岁。《朝日新闻》在当天的晚刊报道说："谷崎晚年的作品《钥匙》和《疯癫老人日记》尤其表达了这位文豪所达到的随心所欲的境界。谷崎在世界范围内受到注意，曾数次被推荐为诺贝尔文学奖候选人。谷崎名副其实地是日本的瑰宝……他在海外享有盛名，《细雪》《各有所好》等许多作品被译成各国文字……1964 年他被推选为全美艺术院校和美国文学艺术学会的名誉会员，有'世界的谷崎'之称，获得很高评价。"

相形之下，周作人身后没什么光彩。他译的《平家物语》于 1984 年出版了。当时我作为责任编辑，仍未敢恢复他的本名。转年《周作人年谱》问世，这才在 1988 年出版的《枕草子》(《日本古代随笔选》中的一篇）和 1989 年出版的《浮世澡堂·浮世理发馆》上写上"周作人译"字样。连向以翔实可靠著称的日本岩波书店出版的《广辞苑》，在 1986 年 10 月 6 日刊行的第三版第四次印刷的版本上，也竟然还把周作人的卒年误为 1966 年。我也是直到今年春间为了写《周作人的晚年》稿，才从周作人的遗族那里得知他去世的确切日期是 1967 年 5 月 6 日。随后，我已去函给岩波书店编辑部部长，建议他们再版时予以更正。

1990 年 9 月 18 日

（原载《中国比较文学》，1991 年第 1 期）

忆沈从文

今年是沈从文逝世 22 周年。1988 年 5 月 10 日，他在北京驾鹤西去，12 日，萧乾写了一篇《没齿难忘——悼沈从文老师》，刊载在 15 日的台湾《中国时报》上。文中有这样几段话："听到从文先生的噩耗，我万分悲恸。这不仅是中国文学界的损失……他做什么都出色，首先是由于他具有一种可贵的献身精神，一颗忠诚的心。

"他是我的恩师之一，是最早（1930 年）把我引上文艺道路的人。我最初的几篇习作上，都有他修改的笔迹，我进《大公报》，是他和杨振声老师介绍的。在我失业那 8 个月时间（1937—1938），他同杨老师收容了我。这些都是我没齿难忘的……"

"希望正直的批评家和学者对从文先生一生丰富的著作进行缜密的研究，并做出公道的评价。"

下面分三个阶段来看萧乾与沈从文的关系。

一、1930—1949

　　1929年秋，萧乾进了不需要文凭的燕大国文专修班。那一年，他旁听了从清华大学来的客座教授杨振声（字今甫）的"现代文学"课。经杨老师介绍，他于1930年结识了沈从文，后来称沈为"师父"。课余，他协助美国青年威廉·阿兰办了八期英文刊物《中国简报》（*China in Brief*），负责其中介绍当代文学的部分。他佩服沈从文的学问文章，以《当今中国一个杰出的人道主义讽刺作家》为题，发表了一篇访问记，称沈是"中国伟大的讽刺幽默作家"。

　　1933年10月，沈从文将萧乾的短篇小说《蚕》刊登在《大公报·文艺》上。"绝顶聪明的小姐"（沈从文语）林徽因很喜欢此作，邀萧乾到她家去吃茶。1996年萧乾借着回顾这件往事，来说明30年代的前辈是怎样不遗余力地鼓励青年的。两年后，由于杨振声、沈从文二位向《大公报》总经理胡霖推荐了萧乾，他刚大学毕业就到天津去编《大公报》副刊。

　　我手头有一张沈从文与萧乾、曹禺、章靳以1935年的合影。沈从文比其他三人略大七八岁，也不过三十出头。个个生气勃勃，对前途充满信心。1990年，萧乾写了篇《啊，30年代》，深情地记下了对那伟大的时代的感受。萧乾还珍藏着1935年陪同沈从文、张兆和伉俪以及张家四小姐充和游苏州天平山时，为他们拍下的照片。80年代，他送给李辉一张，在反面做了说明。这是沈、萧友谊的见证。

及至萧乾旅英七年后，于1946年返回故土，几乎成了美国作家华盛顿·欧文笔下的瑞普·凡·温克尔[1]，对这期间国内发生的变化感到十分隔膜。钱锺书曾说萧乾"盛年时过于锋芒毕露"，指的大概就是萧乾1947年5月5日刊载于《大公报》上的社评《中国文艺往哪里走？》。其中"近来文坛上彼此称公称老，已染上不少腐化风气，而人在中年，便大张寿筵，尤令人感到暮气"这27个字，闯了大祸。从此萧乾陷入了泥潭。直到1979年2月1日的"关于萧乾同志右派问题的复查结论"，才使他真正解脱。

那篇社评并未署名。郭沫若恐怕做了周密充分的调查研究，十个月后才写了一篇《斥反动文艺》，"1948年2月10日脱稿"。今年是纪念它的62周年。此文刊在3月1日出版的香港"大公文艺丛刊"第一辑《文艺的新方向》。红黄蓝白黑这五种反动文艺中，萧乾被列为黑色的，然而他的遭遇比被郭沫若封为"桃红小生"的沈从文聊胜一筹。1949年8月底的一天，他从香港搭乘"华安"轮，随地下党经青岛来到开国前夕的北平。10月，任外文局的英文刊物《人民中国》副主编。

1949年元月上旬，北大学生洋洋洒洒地写了一条巨幅标语：

1　瑞普·凡·温克尔是华盛顿·欧文（1783—1859）所著同名短篇小说中的主人公。他在山谷里一睡二十载，回来后老婆早已死去，时过境迁，无所适从。

"打倒新月派、现代评论派、第三条路线的沈从文！"从教学楼上悬挂下来。还有一份大字报重抄了郭沫若的《斥反动文艺》中有关沈从文的段落，贴出来示众。当时，北京大学位于沙滩红楼，沈从文在该楼中文系担任教授。他认为自己会遭到灭顶之灾，遂于3月9日试图用保险刀自杀。当时跟他相濡以沫十七载的爱妻张兆和已去华北大学学习，幸而她的堂弟张中和正好来串门儿，把他送到医院去抢救，得以脱险。3月20日，叶圣陶前来百般宽解沈从文。丁玲于6月8日下午从东北抵达北平，10日就前往沙滩中老胡同去看望他。中华全国文学艺术联合会第一届委员会于7月19日闭幕后，丁玲在丈夫陈明和何其芳陪同下，再一次登门造访，劝慰沈从文，使他度过了精神危机。

二、1950—1977

1950年11月，为了向国外报道土改运动，萧乾赴湖南岳阳采访。是年2月，沈从文到中央革命大学研究班学习，十个月后毕业。1951年10月随工作组前往四川宜宾，参加土改，半年后回京。1952年底，萧乾从外文局调到人民文学出版社。1953年11月，他住进了东总布胡同46号的作协宿舍。1954年5月，我和他结婚。这时沈从文已经从北京大学正式调到历史博物馆陈列组工作。博物馆分给他的宿舍坐落在东堂子胡同东口，是三间北屋，说明单位待他不薄。两家相距不远，萧乾带我去看望过他和张三姐兆和。那是风调雨顺的日子，气氛和谐。沈从文的案头放着《边城》日译本。我自告奋勇，把译者序口译给他听。他神情凝重，显然，国外的评价在他心中是有一定分量的。

1957年风云突变，萧乾和沈从文的长子龙朱都被错划成右派。萧乾在唐山柏各庄农场监督劳动了三年三个月，1961年6月，调到人民文学出版社编译所做翻译工作。1964年6月，文化部党委宣布，摘掉萧的右派帽子。我们误以为熬出了头，还设家宴与沈从文、张兆和伉俪共度良辰，庆祝一番。岂料两年后，更大的灾难铺天盖地而来。这回轮到萧乾自寻短见了。幸而被好人及时发现，送到隆福医院洗肠，捡了一条命。

1969年9月底，文化部的工作人员一锅端到湖北咸宁的五七干校。加上随后被赶下去的家属，共达六千多人。沈、张二位自不用说，我们一家四口全去了。沈先生因不能劳动，被分配到离老伴儿十公里外的双溪。1970年9月22日，他从那里给萧乾写了一封信，说自己"因血压常在二百，心脏又膨大，已不能劳动，多半躺在床上"。在"既无书可看"的情况下，写了一些抒写胸臆的五言诗，"试图在'七言说唱文'和《三字经》之间，用五言旧体表现点新认识……看能不能把文白、新旧差距缩短，产生点什么有新意思的东西"[1]。他的《喜新晴》和《双溪大

1　见沈从文书信（复萧乾），《向阳湖文化研究》，武汉出版社2010年版，第286页。

雪》二诗就是这样写出来的。他在 1970 年 10 月 17 日致萧乾的另一封信中写道："解放以来，凡事多得党和人民厚待，一家人过了廿年特别好日子，却做不了多少对人民有益工作，真是有愧余生……近廿年在社会剧烈变动中，能免大错，已属万幸，哪里还能妄存非分之想，说什么'壮志雄心'？……本来对一切工作都永远只抱着个学习试验态度，不存什么个人名利野心，因此直到如今，还能好好活下。"他在此信末尾劝萧乾"望学习进步，工作积极，态度端正，少出差错"。[1]

1972 年初，沈从文因心脏供血不足，浑身浮肿，干校批准他回京治病，住在八次抄家后仅余一间的东堂子胡同宿舍。入了夏季，张兆和也办了退休手续抵京。张兆和的单位（《人民文学》）在小羊宜宾胡同作协宿舍给她找了一间屋子。老夫老妻就这么安顿下来。

8 月，我从干校请假回到阔别三年的北京，为儿子安排转学事。萧乾曾到武汉去看病，带回四盒孝感麻糖。他要我面交黄永玉、孙用各一盒，沈从文两盒。我叩门而入，发现这位已过古稀之年的老人埋在图书资料里，废寝忘食地工作着。他舍不得耽误工夫，通常只到夫人那里去吃一顿饭，把其余两顿带回来，凑合着果腹。1973 年 2 月，萧乾请探亲假回家治病（他在抢场时患上了冠心病）。当年 7 月间我被正式调回人民文学出版社，外文

---

1 见沈从文书信（复萧乾），《向阳湖文也研究》，武汉出版社 2010 年版，第 291 页。

部给了他与人合译《战争风云》（美国赫尔曼·沃克著）的机会，他就有充足的理由不返回干校了。由于替沈从文张罗住房，引起误会，二人在1975年以后未再见面。

三、1978—2008

1979年8月，萧乾应美国艾奥瓦大学"国际作家写作计划"主持人聂华苓夫妇邀请，与诗人毕朔望赴美参加三十年来海峡两岸以及中美作家之间首次交流活动。他见到了阔别经年的张充和。她的丈夫傅汉思（德裔美国人）开车送他到埃德加·斯诺的原配海伦·斯诺住的小屋去，三个人在昏暗的室内合影留念。

1980年10月27日，沈从文应邀赴美讲学，张兆和偕行。动身前，张三姐专程光临舍下，萧乾为老友写了几封介绍信。我感觉，沈萧二人之间已经不存在什么芥蒂了。我把张兆和送到公交车车站（那时我们已搬到天坛南里）。

1999年2月21日萧乾去世。我派回来奔丧的老大送一套《萧乾文集》（十卷本）给张兆和。

2005年10月，湖北人民出版社出版《萧乾全集》问世，我把张中和的名字加在顾问的名单里。他是我的清华学长，不同系。第四卷里，加了一篇《吾师沈从文》，我写了两段附记。进入新世纪后，萧乾的老友、归侨陈布伦从漳州写给我这么一封信："旅美记者李成君来信，说在网上读到湖南某杂志一篇文章，提及沈从文临终前交代不要让萧老参加他的葬礼，说萧乾在"文革"中揭发了沈云云。"萧乾在谢世 11 天前搁笔的《吾师沈从文》中，有自我批评。1948 年，他一度同意为《新路》编国际问题及文艺，还曾赴沈从文住处，邀他参加这份刊物的筹办，并在发起人名单上签名。沈断然拒绝了。1957 年，萧乾又代表《文艺报》，鼓动沈老师鸣放。沈摇摇头，根本未搭理萧。倘若这两次跟着萧跑，会有什么样的政治后果，是不难想象的。

第五卷《生活回忆录》的最后一部分，是 1986 年 9 月在北威尔士的波特美朗半岛定稿的。他写我抄，效率很高。我把全文抄完后，他砍掉了三页，一千二百字。当时还没有捐赠的意识，我们将手稿一股脑儿扔进了垃圾箱。我留了个心眼儿，就把这三页抄稿收起来了。萧乾逝世后，傅光明在当年 2 月的《纵横》上发表《沈从文和萧乾从师生到陌路》一文，人民文学出版社出版的《文学故事报》（1999 年 4 月 8 日）刊载了刘云的摘选，题目改为《师生间的恩怨》。有些日期与事实有出入，于是我就把萧乾当初删掉的三页补进去，并在"本卷说明"中写道："其中第六章第七节有十一段是根据遗稿补充的。"丁亚平最近告诉我，萧乾生前多次跟他谈及此事。李辉所著《和老人聊天》（大象出版社 2003 年 9 月）第 39 页刊有萧乾给沈从文伉俪与张允和所拍的合影。第 42 页的李、沈对话，说明沈从文已同意与萧乾和解：

　　李：你们老也老了，和好不行吗？要是他来见你，你赶不赶他走？

　　沈：（沉吟一会儿）来看我，我赶他干什么？

　　李：你解放后幸好钻到故纸堆里才没有事，不然也跑不了。

　　李辉是 1988 年 4 月 21 日上午在沈家做这个采访的。那天下午，他就专程前来告诉萧乾这一喜讯。萧乾当然求之不得。李辉要出差，说好返回后就陪同萧乾前往。没有想到，"5 月 10 日，他一故旧之女来访，言及其父的不幸遭遇，他心情激动，心脏病猝发，抢救无效，于晚 8 时 30 分在家中逝世，走完了他 86 年的生命历程"（引自《沈从文生平年表》，糜华菱编，北岳文艺出版社 1998 年 7 月）。

　　今年是党的三中全会 32 周年。沈从文与萧乾的矛盾，是不正常的年月造成的，进入新时期，迎刃而解。沈从文逝世后，萧乾对《沈从文史诗》中译本的问世尽了绵力。作者金介甫（杰弗里·金克利）曾将萧乾的《未带地图的旅人》译成英文，译者符家钦是他的老友。

　　我保存着作者金介甫和译者符家钦先后题赠给萧乾、文洁若的《沈从文史诗》（台北幼狮文化事业公司 1995 年 7 月版）。金介甫是用中英两种文字写的。他使用了 with gratitude 一词，以表示在写作过程中曾得到萧乾的关怀。

沈从文先生地下有知，会感到欣慰的。

2010 年 2 月 28 日

附记：

2010 年 7 月 15 日，我儿子萧桐、儿媳郭利带着一对子女去看望画家黄永玉。黄永玉是沈从文的外甥，萧乾是由于沈从文的关系结识黄永玉的。1973 年 1 月萧乾由干校回京探亲兼治病，黄永玉当时住在北京站附近，全家人还到车站来接他。两年后，由于和沈从文产生了误会，与黄永玉也疏远了。萧桐是 1980 年 7 月出国的，目前在美国一家大学教油画，终身教职。他 5 岁时画的画，曾获中央电视台举办的幼儿绘画竞赛鼓励奖，入中日儿童画展。1961 年 7 月萧乾从柏各庄农场回京后，我们和黄家开始来往。萧桐从未拜黄永玉为师。但有一次他对我说："我从黄叔叔那儿偷了一笔。"他悟性极强，看到黄叔叔运笔，不点自通。后来他告诉我，他的艺术至上主义来自黄永玉叔叔。

2011 年 6 月 21 日

才貌是可以双全的

——林徽因侧影

　　我大舅父万勉之早年留学日本，回国后在北平任职，娶了贵阳李家的一位姑娘。她和梁启超的正夫人李惠仙是堂姐妹，因此，我刚刚懂事就听大人们谈起梁启超及其长子梁思成的名字。我大姐幼时聪明伶俐，四五岁上就能背诵上百首唐诗，深得大舅妈的宠爱。1925年左右，有一次，大舅妈和我母亲带她到梁家去串门。梁启超很喜欢这个活泼可爱的小姑娘，摸摸她的头，递给她一只涂了黄油的嫩玉米。

　　1915年，我五叔考入清华学堂，和梁思成同学。这位五叔是我父亲的幼弟，比他小十来岁。可惜他体质羸弱，未毕业就因患肺病而死。

　　上初中后，有一次我大姐拿一本北新书局出版的冰心短篇小说集《冬儿姑娘》给我看，说书里那篇《我们太太的客厅》的女主人公和诗人是以林徽因和徐志摩为原型而写的。当徐志摩因飞机失事而不幸遇难后，家里更是经常谈起他，也提到他和陆小曼之间的风流韵事。

光阴荏苒，1946年我考进了清华大学外语系。当时辅仁大学附属中学女校的同班同学几乎全都报考了，而只有我和王君钰被录取，她学的是工科。

在静斋宿舍里，高班的同学们经常谈起梁思成和林徽因伉俪。原来这些同学都上过西南联大，抗战胜利后，才随校从昆明复员到北平，然后根据各人志愿，分别插入清华、北大或南开。由于是战时，西南联大师生间的关系似乎格外亲密，学生们对建筑系梁、林两教授的家庭情况，了如指掌。当时传为美谈的是这对夫妇多年来与哲学系金岳霖教授之间不平凡的友谊。据说金教授年轻时就爱上了林徽因，为了她的缘故，竟然终身未娶。不论战前在北平东城北总布胡同，还是战后迁回清华之后，两家总住紧邻。学问渊博、风趣幽默的金教授是梁家的常客。他把着手教梁家一对子女英语。那时，大学当局对多年来患有肺病的林徽因关怀备至，并在她那新林院八号的住宅前竖起一块木牌，嘱往来的行人及附近的孩子们不要吵闹，以免影响病人休息。

在静斋，我有个叫谢延泉的同屋同学，她跟林徽因的女儿梁再冰十分要好，曾到梁家去玩过几次。她说，尽管大夫严禁林徽因说话，好生静养，可病人见了来客总是说个不停。谢延泉还亲眼看见金教授体贴入微地给林徽因端来一盘蛋糕。那年头，蛋糕可是稀罕物！估计不是去哈达门的法国面包房就是去东安市场的吉士林买来的。

逻辑学是清华外文系的一门必修课。虽然我被分配到王宪钧教授那一班，可我还是慕名去听过几次金岳霖的课。一个星期日下午，我在骑河楼上校车返回清华时，恰好和金教授同车。车上的金教授，一反平时在讲台上的学者派头，和身旁的两个孩子说说笑笑，指指点点——他们在数西四到西直门之间，马路旁到底有多少根电线杆子！我一下子就猜出，那必然是梁思成、林徽因的一对儿女梁再冰和梁从诫了。

我十分崇敬金教授这种完全无私的、柏拉图式的爱，也佩服梁思成那开阔的胸襟。他们两人都摆脱了凡夫俗子那种占有欲，共同爱护一位卓绝的才女。金认识林徽因时，她已同梁思成结了婚，但他对她的感情竟是那样地执着，就把林所生的子女都看成自己的孩子。这真是人间最真诚而美好的关系。当时，梁再冰正在北大外语系学习，梁从诫也在城里的中学住宿，金岳霖可能是进城陪这两个孩子逛了一天，再带他们回家去看望父母。

我还记起了那时的一个传闻：清华北大南开是联合招生，梁再冰填的第一志愿当然是清华，却被分数线略低于清华的北大录取了。林徽因无论如何也不相信爱女的考分竟够不上清华的录取标准！后来校方把卷子调出来给她看，她这才服了。记得每个报考生都给个号，我拿到的号是"350003"——"35"指的是民国35年，即1946年。卷子上只写号，不许写名字。这样，作弊的可能性就微乎其微了。连梁思成、林徽因这样一对名教授的女儿，在投考本校时也丝毫得不到特殊照顾。想起来，当时的考试制度还是严格公正的。

　　1947年的清华校庆，由于是经过8年抗战，校友们第一次团聚，所以办得格外隆重。在大礼堂听了校长、来宾和校友的致辞后，我就溜到图书馆的小阅览室去翻阅旧校刊。林徽因的一张半身照把我吸引住了。她身着白衣，打着一把轻巧的薄纱旱伞，脸上是温馨的笑容。正当我对着照片上这位妙龄才女出神的时候，蓦地听见一片喊喊喳喳声，抬头一看，照片的主人竟然在阅览室门口出现了。按说经过抗日期间岁月的磨难，她的健康已受严重损害，但她那俊秀端丽的面容，姣好苗条的身材，尤其是那双深邃明亮的大眼睛，依然充满了美感。至今我还是认为，林徽因是我平生见过的最令人神往的东方美人。她的美在于神韵——天生丽质和超人的才智与后天良好高深的教育相得益彰。没想到已生了两个孩子、年过四十的林徽因，尚能如此打动同性的我，那么也难怪当年多情的诗人徐志摩会为风华正茂的她所倾倒了。她款款来到摊开在长桌上的一幅古画前面，热切地评论着。听说她经常对文学艺术作精辟的议论，可惜从未有人在旁速记，或用录音机把它录下来。由于她周围堵起了厚厚的人墙，我也仅仅依稀听见她在对那幅梅花图上的几个"墨点"发表意见。

　　我第二次看到林徽因，大约是1948年的事。一个晚上，由学生剧团在大礼堂用英语演出《守望莱茵河》。我去得较早，坐在前面靠边的座位上。一会儿，林徽因出现了，坐到头排中间，和她一道进来的还有梁思成和金岳霖。开演前，梁从诫过来了，为了避免挡住后面观众的视线，他单膝跪在妈妈前面，低声和她说话。林徽因伸出一只纤柔的手，亲热地抚摸着爱子的头。林徽因的一举一动都充满了美感。我记起她是擅长演戏的，曾在用英语演出的泰戈尔著名诗剧《齐德拉》中扮演公主齐德拉。我在清华的那几年，那是唯一的一次演英文戏，说不定还请林徽因当过顾问，所以她才抱病来看演出呢。

1954年我和萧乾结缡后，他不止一次对我谈起1933年初次会见林徽因的往事。那年9月，他的短篇小说《蚕》，在天津《大公报·文艺》上发表了，作品登在副刊最下端，为了挤篇幅，行与行之间甚至未加铅条，排得密密匝匝。林徽因非但细读了，还特地写信给编者沈从文，约还在燕京大学三年级念着书的萧乾到北总布胡同她家去，开了一次茶会，给予他热情的鼓励。使当时23岁的萧乾最感动的是，她反复说："用感情写作的人不多，你就是一个。"萧乾还告诉我，1948年他从上海来北平时，曾去清华同林徽因谈了一整天，晚上在金岳霖家过的夜。1954年国庆，我陪萧乾到北大法国文学翻译家陈占元教授家度假，我们还一道去拜访过我的美国教师温德老人。由于那时林徽因的身体已经衰竭，经常卧床，连她所担任的"中国建筑史"课程也是躺在床上讲授的，我们就没忍心去打搅她。

转年4月1日，噩耗传来，萧乾立即给梁思成去了一封慰问他并沉痛地悼念徽因的信。梁思成在病榻上回了他一信。"文革"浩劫之后，我还看到过那封信。1973年我们从干校回京后，由于全家人只有一间八平米"门洞"，出版社和文物局陆续发来的百十来本残旧的书，我都堆放在办公室的一只底板脱落、门也关不严、已废置不用的破柜子里。一天，忽然发现其中一本书里夹着当年梁思成的那封来函。梁思成用秀丽挺拔的字迹密密麻麻地写了两页。首先对萧乾的慰问表示感谢，接着说，林徽因病危时，他因肺结核病住在同仁医院林徽因隔壁的病房里。信中他还无限感慨地回顾了他从少年时代就结识，并共同生活了将近30年的林徽因的往事。信是直写的，虽然是钢笔字，用的却是荣宝斋那种宣纸信笺。倘若是70年代末，我会把这封信看作无价之宝，赶紧保存下来。当时，经过"史无前例"的浩劫，整个人尚处在懵懵懂懂状态，我竟把这封信重新放回到那只根本不能上锁的破柜子里，甚至也没向萧乾提起。记得大约同时，萧乾从出版社发还的一口旧牛皮箱子里发现了我母亲唯一的念物——周围嵌着一圈珍珠的一颗大翡翠。1966年8月23日抄家那天，出版社的革委会接到街道上的通知后，在把被批斗够了的萧乾押回出版社的时候，胡乱从家里抄了这么一箱子东西和书。接着就打派仗，也没顾得打开看看。1973年又原封不动地发还给我们了。当时我住在出版社的办公室里，隔几天回去看看。萧乾紧张地对我三姐说："不要忘了最高指示——三五年再来一次，现在已7年了。趁早打发掉，免得又成为罪状！"她连看也没看它一眼，就听任他蹬上自行车赶到王府井的珠宝店去，把它三文不值两文地处理掉。说实在的，直到十一届三中全会后，我们才相信头上悬的那把达摩克利斯剑总算消失了。

1979 年萧乾赴美参加艾奥瓦"国际写作计划"的活动，事后到各州去转了转。林徽因的二弟林桓当时正在俄亥俄大学任美术学院院长，他创作的陶瓷作品已为欧美各大博物馆所收藏。林桓听说萧乾来美，跑了好几个州才找到了萧乾——那阵子他在几家大学作巡回演讲。1932 年萧乾一度在福州英华中学教过林桓。阔别了近半个世纪的师生畅谈了一通。林桓表示很想回国讲学，为祖国的陶瓷事业出点力气。萧乾回京后，曾为此替他多方奔走过，但始终没有结果。

80 年代初，萧乾从美国为梁从诫带来了一封费正清写给他的信。梁从诫住在干面胡同，离我所在的出版社不远，我顺路把信送去了。当年的英俊少年已成长为风度翩翩的中年人。我还看到了他那位在景山学校教英文的妻子和小女儿——她长得很漂亮，令人想起她的奶奶林徽因。告辞出来，忽然看见金岳霖教授独自坐在外屋玩纸牌。尽管那时他已八十开外了，腰背依然挺直。我告诉他，1946—1947 年，我曾旁听过他的逻辑课，而正式教我的是一位王教授，他不假思索地就把王宪钧教授的名字说了出来。林徽因和梁思成相继去世了。金岳霖居然能活到新时期，并在从诫夫妇的照拂下安度晚年，还是幸福的。

去年 8 月，我陪萧乾去看望冰心大姐。那是凌叔华去世后头一次见到大姐。话题不知怎的就转到林徽因身上。我想起费正清送给萧乾的《50 年回忆录》中，有一章谈及徐志摩当年在英国怎样热烈追求过林徽因。我对大姐说："我听说陆小曼抽大烟，挥霍成性。我总觉得徐志摩真正爱的是林徽因。他和陆小曼的那场热恋，很有点做作的味道。"

大姐回答说："因认识徐志摩的时候，她才 16 岁，徐比她大十来岁，而且是个有妇之夫。像林徽因这样一位大家闺秀，是绝不会让他为自己的缘故打离婚的。"

接着，大姐随手在案头的一张白纸上写下这样十个字：

说什么已往，
骷髅的磷光。

大姐回忆说：1931 年 11 月 11 日，徐志摩因事从北平去上海前，曾来看望过她。这两句话就是徐志摩当时写下来的。他用了"骷髅""磷光"这样一些字眼，说明他那时已心灰意冷。19日，徐志摩赶来北平听林徽因用英文作的有关中国古建筑的报告。当天没有班机，他想方设法搭乘了一架运邮件的飞机。因雾太大，在鲁境失事，不幸遇难身亡。

正写到这里，梁从诫打来电话，由于萧乾适赴文史馆开会，是我接的。他说，15 日晚上费慰梅给他挂来长途，告诉他费正清已于 14 日逝世，委托梁从诫转告在北京的友人。我感到了岁月的无情：又一位了解中国并曾支持过梁思成和林徽因的美国朋友离开了人间。1987 年 1 月我陪萧乾赴港时，曾在香港中文大学的一位教授家里看到一部梁思成的英文遗著《中国建筑史图录》(据梁从诫说，其中"前言"部分，一半出自林徽因的手笔)，那就是由于费正清夫妇的无私帮助，才得以在美国出版的。

1988 年，萧乾的老友、马来西亚槟州首席部长林苍佑偕夫人访华，我们到香格里拉饭店去看望他们。他指着周围像雨后春笋般冒起来的新型大厦对我们说："这些跟任何西欧大城市有什么两样？还有什么民族特色？"

1985 年 1 月我们访问槟州时，曾目睹马来西亚的华族从中国运木材石料，不惜工本盖起富于民族特色的祠堂庙宇和牌楼。在美国、日本、新加坡，凡是有华裔居民的地方，都能看到琉璃瓦、大屋顶的建筑。然而我们却把好端端的城墙、牌楼、三座门等历史悠久的文物群都毁掉了。在《大匠的困惑》一书中，林洙记述了梁思成、林徽因伉俪在保存古迹方面所做的努力（尽管到头来在很大程度上归于徒劳），让后人进一步了解这两位中国知识分子的动人事迹。

放下此书，我不禁黯然想到：林徽因倘非死于 1955 年，而奇迹般地活到 1966 年 8 月，又当如何？红卫兵绝不会因为她已病危而轻饶了她。在红八月的冲击下，她很可能和梁思成同归于尽。从这一点来说，她的早逝竟是值得庆幸的。她的遗体得以安葬于八宝山革命烈士公墓，那里还为她竖起了一块汉白玉墓碑。

美国汉学家费正清的夫人费慰梅在《回忆林徽因》一文中说:"在她身上有着艺术家的全部气质。她能够以其精细的洞察力为任何一门艺术留下自己的痕迹。"

欧洲文艺复兴时期,曾出现过像达·芬奇那样的多面手。他既是大画家,又是大数学家、力学家和工程师。林徽因则是在中国的文艺复兴(五四运动)时期脱颖而出的一位多才多艺的人。她在建筑学方面的功绩,无疑是主要的,然而在诗歌、小说、散文、戏剧方面,也都有所建树,我衷心希望文学研究者在搜集、钻研五四以来的几位大师的鸿著之余,也来顾盼一下这位像彗星般闪现在五四文坛上的才女所留下的珍贵的痕迹,她是不应被遗忘的。

1991 年 9 月 16 日

聂绀弩的六个字
——兼议"窝里斗"

　　1950 年大学毕业后，我考入三联书店总管理处，当上一名校对。次年 3 月被调到刚成立的人民文学出版社。由于楼房尚未盖起来，就仍在西总布胡同那座四进的四合院办公。6 月下旬，总编室主任郑效洵告诉我，出版社在东四头条四号的文化部大楼里借了一间办公室，自 25 日起，要带编辑方殷和我到那里去工作。该楼的旧址是美国人开办的华文学校，有一座相当考究的大礼堂。庭园里，树木葱茏，绿草茸茸。后院还有个网球场。礼堂两侧是一溜儿二层楼房，灰墙上长满了爬山虎。

　　我们的办公室在二楼。郑效洵和方殷的办公桌相对着，临窗。我的桌子横在郑、方那两张办公桌尽头，面对窗户。

　　新成立的人民文学出版社还吸收了文化部艺术局以及其他单位的干部，郑效洵经常和他们碰头，磋商搭班子事宜。

　　我的工作很杂。不论派我做什么，我都认认真真地做好。例如有一天，美术编辑叶然特地从西总布胡同跑来，要郑效洵派个人到阜成门西三条的鲁迅故居去，把那里所收藏的鲁迅著作的封面描摹下来，供他设计封面做参考。郑效洵手下只有两个兵，任务自然落到我头上。次日，我带着纸笔前往，把陈列在故居玻璃橱里的十几册鲁迅著作单行本的封面仔细地依样画葫芦，连字体和图案的颜色都一一注明了。当天还有个副收获：见到了周建人先生。我从鲁迅故居走出来时，一辆黑色小轿车刚好在门口停住。我一眼就认出乘车者是周建人，他长得太像鲁迅了。

回到出版社，我交了卷。心里却想，叶然懒得出奇，没有起码的敬业精神。他比我年轻两三岁，又不是跑不动，凭着我提供的第二手资料，他能把封面设计好吗？

入了7月，开展了忠诚老实学习。我是个三门干部，经历简单，为了凑字数，从祖父于19世纪中叶赴京，十几年寒窗考中进士写起，洋洋洒洒发挥了一万多字，实际上写的是家族史。

一天，我跟方殷正在办公的时候，聂绀弩翩然而至，一屁股坐在郑效洵的椅子上，劈头就对我说："文洁若，你那篇自传我看了。《红楼梦》的笔法。"

我听罢，一怔，一时不知道说什么好。

幸而方殷替我解了围。他立即问："那么，我呢？"

聂绀弩调侃他道："你是酸诗人。"

他们二人有一搭没一搭地闲聊起来了。聂绀弩是人民文学出版社副总编辑兼古典部主任，当时全社可能有六七十个工作人员，要不是他亲口说，我怎么也想不到他会一篇篇地看大家的自传。

当年 10 月，办公楼盖好了，是二层筒子楼，共三幢，位于华文学校东侧。第一幢是出版部门。编辑部设在第二幢楼下，整理科在楼上。整理科的任务是把编辑老爷加工不足的稿子重新整理一遍再发稿。直到 1954 年 4 月，这个部门才撤销，把几个成员分到编辑部。第三幢楼的楼上，还有几间宿舍，诗人吕荧就在那里住过几年。我向出版社租借了集体宿舍的一个床位（每月一元），以便多做些工作。一天，传达室的同志给我打来了电话，说："文洁若，你妈妈给你送吃的来了，快来取走。"

我下楼去一看，桌子上摆着一个有白花纹的藏青色蜡染布包儿，里面兜着一大钵香喷喷的米粉肉。我说："搞错了，这不是给我的。"

后来才知道，是聂绀弩的夫人周颖给他送来的。那个时期，聂绀弩在办公室里放了一张小铁床，以社为家，夜以继日地工作。我恍然大悟：他准是晚上带到邵荃麟家去吃。

北平沦陷时期，我们把房产抵押出去，无力赎回，从此只好租房住。东四八条三十号有一座三进的四合院，是我父亲当外交官时的上司汪公使的房子。他早已病故，我母亲向他的儿媳妇租了中院的两间耳房。他们一家人住的时候，三间大北房是客厅，我们住的耳房是穿堂屋，供客人挂大衣用，硬木做的板壁还雕了花。

后院和西院各有十几间房，在东四九条胡同另开了两道门出进，整个儿租给了文联。邵荃麟住的是后院的三间北房，外加耳房。住在后院东房里的顾太太是一位家庭妇女，她和我母亲都爱养花儿，一来二去的就有了交情。顾太太跟邵家的保姆也套近乎，把她打听来的事统统告诉母亲。原来冯雪峰和聂绀弩是邵荃麟家的常客，吃罢饭，四个人（包括邵夫人葛琴）在八仙桌上铺起厚厚的毯子，打上几圈麻将。母亲平生最大的爱好是听京戏和打麻将，如今只能望洋兴叹了。我对母亲说，他们打的是卫生麻将，供消遣而已，不会赌钱的。

1955 年，聂绀弩因"胡风事件"牵连受到留党察看和撤职处分，接着又于 1958 年被错划为右派，开除党籍，发配到北大荒去劳动。

再见到聂绀弩，已是 1981 年了。时来运转，聂绀弩和萧乾都成了人民文学出版社顾问，又双双被选为中国人民政治协商会议第五届全国委员会委员。政协开会时，出版社的司机小谢，先到天坛东里来接萧乾，再到左家庄新源里去接聂绀弩。我帮萧乾提包儿，送他前往。

进了聂家的门，只见聂绀弩靠卧在外屋的小铁床上。阔别二十余载，我没发觉他显得多么苍老。我蓦地意识到：大墙保护了他。倘若十年浩劫期间他待在外面，杀红了眼的红卫兵不把他活活打死才怪。记得关于胡风，梅志也写过类似的话。周颖大姐在里屋忙忙碌碌地打点要带走的东西。萧乾踱过去跟她寒暄。

我想起，当年聂绀弩跟我说话，我没搭腔。于是，我主动找话说，问道："聂老，您还记得 1951 年您看了我写的自传，对我说什么来着吗？"

我以为他会说："我早就忘啦。"

岂料他不假思索地答曰："宝哥哥，林妹妹。"

还是六个字，只是措辞改了。

他的记性之好使我吃惊。我没再说话。在我尊重的长者面前，我不喜欢饶舌。他像海洋一样深邃，我就更不愿意在他面前暴露自己的浅薄。过一会儿，周大姐搀扶着老伴儿，我帮他们提行李，一行四人坐上车，到了宾馆。

由于第二天还要上班，我把萧乾的东西安顿好就回家了。萧乾后来告诉我，周大姐也是第五届全国政协委员，所以这对老夫妻被安排在一个单间里。聂老不良于行，一日三餐都有专人替他送到屋里来吃。除了开会，他足不出户，总是像在家中时那样，把枕头垫在背后，靠卧在床上，看文件或读书。当然，来探望他的人络绎不绝。

比起邵荃麟和冯雪峰来，聂绀弩算是幸运的，因为他在新时期活了七年（1979—1986），83岁时去世，也算是高龄了。邵荃麟这个杰出的文学评论家、小说家，于1971年被"四人帮"迫害，冤死狱中。冯雪峰是73岁时含冤去世的，也未能盼到粉碎"四人帮"的那一天。

我常感到我们这个民族的劣根性实在可悲。1945年8月15日日本投降后，北平的老百姓对周围成千上万的日本人十分宽厚客气，这些日本人是响应军国主义者的侵略政策涌到我国沦陷区来的，骑在中国人的脖子上拉屎。中国老百姓用合理的价钱购买战败者带不走的家具什物，没有人欺负昨天还不可一世耀武扬威的敌国军民。我有个日本文学研究界的朋友，曾在抚顺的日本战犯管理所工作。他说，我们对日本战犯非常优待，让他们吃最好的大米，抽上等烟，唯一的希望是他们能被感化，肯认罪。我认为这种做法是无可非议的。然而，我们为什么只肯尊重日本人的人权，对同胞就如此苛待呢？十年浩劫期间，当"红五类"来打砸抢，强占私房，表现出的是中国人的拿手好戏窝里斗。哪几户是这场革命的对象，他们事先到派出所了解过，因为户警掌握每个家庭的政治背景。我们被赶到一间小屋后，一位年轻的户警专程来训斥我一顿，说："X大妈一连生了七个孩子，只有一间屋子。她们根红苗正，苦大仇深，你们早就应该把房子腾出来给她们一家人住！"

日本军国主义者给中国造成了多大损失，又借着南京大屠杀来宣泄大和民族的兽性，而中华民族慷慨地放弃了完全有理由索取的巨额战争赔款。神州大地上，目不识丁的愚昧者比比皆是，越穷越生，越生越穷，肆意把满腔阶级仇恨发泄在有文化、有教养、收入高的同胞身上。

1987年1月，萧乾在香港中文大学崇基学院院长傅元国先生家与诺贝尔物理学奖得主杨振宁先生畅谈一个晚上。在座的还有黄林秀莲女士和傅元国院长伉俪。杨振宁是1982—1983年度"黄林秀莲访问学人"，萧乾则是1986—1987年度以该名义来学院访问的。席间，杨振宁语重心长地说："十年'文革'的后果，对几代人都会有负面影响。"他又说，他周围有几个人回来报效祖国，因国内条件差，只好又走了。打那以后又过了十几年，去年听说杨振宁本人准备到清华搞科研，可能要在此叶落归根吧。

"鲁迅是中国文化革命的主将。他不但是伟大的文学家，而且是伟大的思想家和伟大的革命家。"他去世时，才57岁。倘若他活到1966年，目睹这么多同胞死于惨绝人寰的窝里斗，会做何感想？

2004年2月14日

施蛰存和萧乾

—— "海派小说界的大师"与"京派的一个小萝卜头"

1991 年 2 月 1 日，萧乾写了一篇回忆往事的文章，题目是：《河口遇险——并怀施公蛰存》。1938 年夏间，他从上海赴昆明，有一天，突然接到《大公报》胡霖社长的电报，要他火速赶往香港，协力开创港版《大公报》。路费也汇来了。萧乾想找一位旅伴儿，随后就听说施蛰存要回趟上海。于是他们就结为旅伴儿。一路上相处得十分融洽。施先生曾被封为"海派小说界的大师"。萧乾则算是"京派的一个小萝卜头"。

第一晚他们在开远的一个旅店下榻。次日就出国境进入了安南。那些年萧乾总是随身带着一个硬皮小本儿，随时随地做速写。这一次，他也从衣兜里掏出小本儿，速写起车窗外的滇南风光来。然而正当他全神贯注地速写时，有人猛地从身后把他紧紧抱住。原来那是个宪警。旁边还站着一个。萧乾连忙对他们申辩道："请不要误会，我只是在作文字写生。"他们冷笑道："我们早就发现你可疑了，休想逃脱。"施先生马上站起来，尽力替萧乾辩护。

车抵河口，停了下来。萧乾被两名宪警押到车站的稽查处。施先生坚决陪他同往，还就萧乾的身份问题同押解他的宪警争辩不休。

审讯开始了。萧乾没有律师，却有施先生这么一位无比热心的证人。他证明了"八·一三"之前萧乾在上海《大公报》编《文艺》副刊，还说明当时在昆明他有哪些社会关系。施先生列举了萧乾出过的《书评研究》（上海商务印书馆，1935 年版）、《篱下集》（上海商务印书馆，1936 年 3 月版）、《栗子》（文化生活出版社，1936 年版）、《小树叶》（上海商务印书馆，1937 年版）、《废邮存底》（与沈从文合著，文化生活出版社，1937 年版）、《落日》（良友图书印刷公司，1937 年 6 月版）、《梦之谷》文化生活出版社，1938 年版）。

隔壁房间里，正在打着长途电话。

审讯完毕，施先生和萧乾就坐在那儿等候昆明的回音。最后一个长官儿模样的人从隔壁房间走进来，朝主审人点了点头。大概昆明警察局打来了电话，证明萧乾确实是良民。于是，他被无罪释放。萧乾在文章的末尾写道："真不知道怎样感谢施公才好。战争期间，想当个屈死鬼，再容易不过了。回想起来真有些后怕。那次多亏施公，否则我还不知会被押到什么地方去了哩。"

"从那以后，我就放弃搞文字写生这习惯了。"

1957 年，萧乾因写了《放心·宽容·人事工作》等文，被打成右派分子。（见《微笑着离去——忆萧乾》，辽海出版社1999年10月版第619页）那也是当时众多知识分子的命运。1986年9月3日，施蛰存写了《纪念傅雷》一文，其中谈到"1958年，我们都成为第五类分子，不便来往，彼此就不相闻问。"第五类分子指的是右派（前面的四类是"地富反坏"）。1966年9月3日，傅雷、朱梅馥伉俪双双被迫自杀而死。施先生这篇文章是为了纪念这对恩爱夫妻而写的。（见施蛰存著《卖糖书话》，"书海浮槎文丛"，湖南人民出版社，1997年12月版，第209页—213页）我至今也不晓得当年傅雷与施蛰存为何被打成右派。

施先生怀念沈从文先生的《滇云浦雨话从文》（同上，第219页—232页）一文，也收录在《卖糖书话》里。其中倒数第三段，我相信施先生受了1979年版缩印本《辞海》（上海辞书出版社1980年8月第1版，1985年8月版第6次印刷）的影响。施先生写到："从文一生最大的错误，我以为是他在40年代初期和林同济一起办《战国策》。这个刊物我只见到过两期，是重庆友人寄到福建来给我看的，我不知从文在这个刊物上写过些什么文章、有没有涉及政治议论？不过当时大后方各地友人都提出严肃的批评，认为这是一个宣扬法西斯政治，为蒋介石制造独裁理论的刊物。这个刊物的后果不知如何，但从文的名誉却因此大受损失。"（见《卖糖书话》第231页）

关于《战国策》，《辞海》是这么解释的："综合性半月刊。

1940 年 4 月创刊于昆明，1941 年 7 月停刊，共出过十七期。另在《大公报》编辑《战国报刊》。主持者为林同济、雷海宗、陈铨等，被称为'战国策论'，公开宣扬法西斯思想，污蔑中国共产党和抗日斗争，为国民党反动派统治服务。在文艺上提倡超阶级的民族文学运动，美化汉奸、特务。陈铨的剧本《野玫瑰》是他们代表作。"（见《辞海》1979 年版缩印本上海辞书出版社1985 年 8 月第 6 次印刷，第 1351 页）

林同济、雷海宗、陈铨这三人中，我在《新中国文学典》（潘旭澜主编，江苏文学出版社 1993 年 3 月版，第 758 页）上查到林同济的事迹："林同济（1906—1980）翻译家（中略）抗战时期任云南大学文法学院院长，与西南联大教授合编《战国策》半月刊，《大公报·战国》副刊等等（下略）。"

同一个《战国策》和《大公报·战国》副刊，在 20 世纪 80年代与 90 年代，对其评说大相径庭，时代在前进，国人的思想与时俱进。

施蛰存的短篇小说《春阳》独辟蹊径。作品的女主角叫蝉阿姨。十二三年前，她的未婚夫在吉期之前七十五天乍然逝世。未婚夫乃是昆山的一位拥有一千亩田的地主之独子。蝉阿姨决定抱牌位做亲，从而获得了这大宗财产的合法继承权。

后来翁姑驾鹤西去，一大注产业都归她掌握了。

有一天，她一早就乘火车到上海，从上海银行的保管箱提出一百五十四元六角的息金，她到冠生园去，点了两个菜，一共一块钱。看见旁边的桌子，座位上是一对年轻的夫妻和孩子，于是不免感到寂寞，她想起了上海银行的那个年轻的行员，就雇了一辆黄包车，回到上海银行。

进去后，她招呼道："喂，我要开开保管箱。"

年轻的银行行员陪着她到保管库里去了，她瞧见自己的保管箱锁得好好的，就告诉那位行员，由于自己忘记了刚才锁上没有，才回来看的。行员说：

"放心吧，即使不锁，也不太要紧的，太太。"

她听罢，差点儿哭了。在库门外，她看见一位艳服的女子，并听见行员在她背后亲切地问：

"啊，密斯陈，开保险箱吗？钥匙拿了没有？"

蝉阿姨原来以为那个银行行员愿意见到她，其实在他眼里，她是一位"太太"，他更愿意跟与自己一样年轻的"密斯陈"打交道。作者把毕生不能结婚的蝉阿姨的心理活动刻画得惟妙惟肖。

1995 年 4 月，萧乾到上海开会。9 日，登门拜访施蛰存先生，并与他合影。我把这张照片收录在《萧乾全集》第六卷（文论卷）中。《河口遇险》一文则收录在《萧乾全集》（散文卷）里。这是二位老友唯一的合影，弥足珍贵。萧乾去世后，我把仅存的一封施蛰存先生写给他的信收在萧乾纪念文集《微笑着离去——忆萧乾》（辽海出版社 1999 年 10 月版）里了。

现将全文抄录下来，以飨读者：

饼干老兄：

　　大作散文集收到，谢谢。

　　昨天一天看完。老兄的京话很好。老兄是蒙古京片子。还有什么著作，再送一本。旧作也要。大约我都没看过。

　　近来力气大衰，不动笔躺着看书报，有你看过的新鲜玩意儿，赏我几本。

　　张兆和嫂子安否，代我问候。

　　嫂夫人未见过，闻名久矣。也代我问好。

蛰存

1996.7.1

蛰存先生生于1905年，2003年仙逝，享年98岁。

萧乾原名萧炳乾。在崇实小学读书时，同学们称他作"饼干"。后来他把"炳"字去掉，改为"萧乾"。由于他与谢冰心大姐的三弟谢冰季是同窗好友，冰心大姐总叫他"饼干"。施先生知道后，在信中也称他为"饼干"老兄，足见他的幽默感。

2015年9月

一个家族的爱国情怀

赵蘅小友新著《四弦琴》的第一篇《外婆的遗产》中有这样一段:"就这样,白花花的四万银圆哪,老太太不带一点犹豫,不皱一下眉头就拱手送给了当时重庆的地下党。这是怎样的大气,怎样的慷慨?"

这位老太太就是赵蘅的舅舅杨宪益的母亲徐燕若。她出生在天津底层人家,被卖给杨宪益的父亲杨毓璋,由于生了儿子宪益,完成了杨家有子嗣的大业,这才升为姨太太。她送给儿媳妇戴乃迭(Gladys Margaret Tayler)的贵重首饰,杨宪益、戴乃迭伉俪于1951年全部捐献,变成了一架战斗机,飞赴朝鲜战场。

少年时代杨宪益就有了爱国情怀,他16岁那一年,发生了"九一八事变",东北三省被日本人占了。他是在《大公报》上看到这个消息的。于是,抵制日货,不用牙膏,用牙粉。杨家还向十九路军捐了十几块银圆。

杨宪益于1934年赴英国留学。他进的是牛津大学墨顿学院。在墨顿学院上课期间,大概是1938年,他办了一份小型杂志,社论与一些文章都出自他本人的手笔。他在文中谴责日本的侵略，并对战争形势加以分析。杂志名为《再生》，油印，每期印数只有三四十份。他把《再生》邮寄给英国各个友好机构，甚至给日军驻天津卫戍司令部也寄了一份，以激怒他们。

杨宪益结识了戴乃迭。她的父母都是英国人。父亲叫戴乐仁（J.B.Tayler），1901 年毕业于利物浦大学。1906 年，教会派遣他到中国来传教。1919 年燕京大学正式成立，聘请他为经济系主任兼教授。他是燕大经济系的奠基人，在该校工作到中日战争爆发，长达十余年。戴乃迭于 1919 年生于北平，6 岁时被送回英国接受教育。她于 1937 年秋季考入牛津大学，学法国文学，曾与杨宪益一起上课。杨宪益改学英国文学后，她决定放弃法国文学改学中国文学。当时牛津大学刚开始设置中国文学荣誉学位，戴乃迭是攻读该学位的第一人。

1940 年夏杨宪益毕业时，收到美国哈佛大学的聘书，也收到西南联大吴宓、沈从文联名写的信，邀请他去西南联大教希腊文与拉丁文。他偕未婚妻戴乃迭在同年秋天回到中国重庆。当时日本正对昆明狂轰滥炸，母亲不舍他们离开，亲自张罗了他们的婚礼。杨宪益、戴乃迭伉俪先后在国立中央大学（现南京大学）、贵阳师范学院执教。1943 年到北碚的国立编译馆，开始合译《资治通鉴》等中国古籍。

日本军国主义者投降后，国立编译馆迁回南京。杨、戴伉俪过了几年稳定的生活。新中国成立后，编译馆被取消。1952年，他们被调到国际新闻局，与萧乾共事。萧乾是 1946 年从英国回到上海的。1948 年 10 月，赴香港参加《大公报》改版和《中国文摘》（英文）的工作。1949 年 9 月 2 日抵达北平。10 月开国，成立了国际新闻局，局长乔冠华，副局长刘尊祺。《中国文摘》停刊了，改为英文版的《人民中国》，主编为乔冠华，萧乾是副主编。乔冠华每周只来半天，整个局的运转由刘尊祺掌握。

1952 年秋，杨宪益与萧乾被借调到亚洲及太平洋区域和平会议工作。他们和朱光潜、钱锺书、许国璋、卞之琳、李赋宁、杨周翰等人一道担任翻译工作。1953 年萧乾被调去创办《译文》（现名《世界文学》）杂志，他担任编委兼编辑部副主任。

杨宪益、戴乃迭的编制始终留在外文出版社。自 20 世纪 50 年代初起，杨、戴伉俪合译中国文学名著时，一般是由杨译初稿，由戴润色英文，成为定稿。他们合译南宋范成大的田园诗时，先后改了七八次。《红楼梦》中的诗词，也多次修改英译文。乃迭下的功夫比丈夫大。杨宪益认为乃迭的功劳比他大得多。"同事们也都称赞她是我们翻译工作者的典范。"杨戴将不下百余种我国名著合译成英文，诸如《史记》《水浒传》《红楼梦》《太阳照在桑干河上》（丁玲著）等。翻译的速度也惊人。杨宪益说："翻译鲁迅的《中国小说史略》，要求越快越好，结果我们一个礼拜就译完了。"

文化大革命期间，杨宪益和戴乃迭被诬为"在使馆武官伊文斯手下工作的间谍"，在狱中度过足足四年（1968—1972）。

　　杨戴合译的《红楼梦》出版后获得好评。据2014年4月28日《解放日报》报道，"英国《每日电讯报》最近评选出'亚洲十部最佳小说'，中国古典文学巨著《红楼梦》独占鳌头。该报称赞其'以白话文描写了两个家族的悲剧爱情，塑造了四百多个人物'"。我们中国翻译界多么需要杨宪益、戴乃迭这样出类拔萃的翻译家！不过，我相信，只要大家知道培养这方面的人才多么重要，中国一定会陆陆续续地出现优秀的翻译家，形成长江后浪推前浪的势头。

　　《四弦琴》的作者赵蘅说得上是后起之秀。无论对赵家还是杨家而言，都是后继有人。

　　我以为，无论年轻的人们有多大的成就，对他们的称赞也要适可而止。因为任何人都应该保持谦虚、谨慎、不骄不躁的作风。我手头的一本《杨宪益画传》是杨苡、赵蘅编著的。赵蘅近几年做出的成就，令人目不暇接。我应该向她学习，珍惜光阴，多做一些工作。

　　杨宪益、戴乃迭伉俪的悲惨遭遇，使我恨不得多写点什么，替这一家人抱不平，及至看到杨先生的这句话："我总希望中华民族好一些，现在这样，我还比较满意。"我的心终于平复了。

　　　　　　　　　　　　（原载《今晚报》2016年6月23日）

陈羽纶与《英语世界》

萧乾是 20 世纪的 50 年代在北京结识陈羽纶的。他在《未带地图的旅人——萧乾回忆录》中的"五七道路"一节中写道:"有一天派我去大队部仓库领油毡,一看,管仓库的是一本大型外文字典的编纂者。他因患癌症,锯掉了左腿,竟然也得下来。看他老远拿着钥匙一拐一拐地走来,我大吃一惊。每逢我干得吃力而要发牢骚时,就用他来鞭策自己。"

其实,陈羽纶没有患癌症。自 1957 年起,陈羽纶在商务印书馆外语编辑室工作。文化大革命发生后,造反派对商务印书馆要"彻底砸烂"和"斗、批、改"。由于 1944 年初,他曾任印缅战区史迪威将军总指挥部翻译官,于是被打成美国特务,遭到抄家、关押、停发工资和强迫劳动。

1969 年初,陈羽纶因劳动的时候扭伤了左小腿,红肿得厉害,无法干活,就请假到医院去看病。大夫按照当时的做法,给本单位打了电话,知道他正在受审查,拒绝为他治疗。到了 6 月,腿疾越来越严重,只得在玉渊潭复兴医院做了截肢手术,从此仅剩下右腿了。到了 9 月底,商务印书馆只留下少数人,其余的统统到湖北咸宁的五七干校，去围湖造田。尽管老弱病残四条，陈羽纶占了三条（弱病残），由于政治上的原因，也被赶到干校去了。他把家里的缝纫机带了去。

陈羽纶的妻子俞士洪是国语老师，跟他一道下放到干校。在干校，人民文学出版社是十四连，商务印书馆是十六连，挨得近，合办了向阳中学，我们的女儿萧荔曾师从俞士洪，受益良多，回京后还经常去看望她。俞士洪原来是在北京第二师范学校任教的，是一位优秀教师，口碑很好。

看仓库是连里派给陈羽纶的工作，工余，他还用一条腿踩缝纫机，为同事们修补衣裤。在干校如此艰苦、劳累的情况下，陈羽纶还托人从上海买来一盏油灯，每天晚上躲在蚊帐里，借着油灯那暗淡的光，偷偷阅读英文小说。

1971 年 9 月，林彪摔死在温都尔汗，请假也容易一些了，陈羽纶这才获准到上海去安装义肢。

文化部所属各出版社已有 7 年基本上没出书了，1973 年 11 月，成立了文化部干校驻京翻译组，把尚未调回出版社的外语干部组织起来，集体从事翻译。1975 年干校撤销，翻译组的名称定为国家出版局版本图书馆翻译部。在这里，萧乾和陈羽纶成了同事。两个人都做了大量翻译、校订工作。他们共同参与翻译的有《一千天》（生活·读书·新知三联书店，1981 年）、《第三帝国内幕》（生活·读书·新知三联书店，1982 年）。陈羽纶最大的功绩是创办《英语世界》（*The World of English*）。1981 年，他向商务印书馆领导提出创办《英语世界》的工作报告获得了批准。只有主编陈羽纶的编制在商务印书馆，其他工作人员都是外聘的。刊物的选题、组稿、审稿、校订加工到出版，全都是由陈羽纶这个主编组织力量完成。商务印书馆每月支付一定的费用。

商务印书馆无法提供办公室，陈羽纶就把家里两间住房中较大的那间腾出来，当作编辑室。我不止一次去过位于顶银胡同三十六号一栋小楼里的那间屋子。在二楼，几个编辑在认真地工作。他们在这间屋子里足足办了十年公。

《英语世界》创刊号于 1981 年 10 月 23 日出版。1982 年 2 月 5 日，陈羽纶主持了《英语世界》编委会成立大会，商务印书馆的领导陈原、林尔蔚、杨德炎，《英语世界》顾问编委朱谱萱、杨宪益、赵萝蕤、萧乾、卞之琳、王佐良、许国璋、李赋宁、冯亦代、周珏良、黄震华等以及商务印书馆编辑室、《英语世界》编辑部同人，共三十多人出席。会后在北海漪澜堂门前合影留念。

《英语世界》问世后，好评如潮，它的影响之大是主编陈羽纶所始料未及的。然而，我们的陈羽纶始终保持着书生本色，从来就是低调的。如果在文化界、翻译界、出版界选个雷锋的话，我一定为陈羽论勤勤恳恳、任劳任怨、埋头苦干投一票。

下面，从读者和编委的来信中摘两段，供参考：

一、吴天雪（浙江省余姚市中医院）："我曾订阅多种杂志，包括几种英语刊物，但《英语世界》是那样的博大精深，天文、史地、科技、文化、医学、音乐、美术……古今中外，无所不包，它不是一本单纯的英语刊物，实在是一所综合性的学校。"

二、孙瑞禾（中国科技大学教授）："《英语世界》的非凡成就和广被喜爱，我常深为好奇，怎么从一个初不知名的新生刊物，在不到十年的时间一跃而饮誉驰名，远及国外，发行份数达三十万册之多，而且是在一个人主持下，仅有一精选的顾问委员和极少数副手的协助下达成的？使得这一切成为可能的究竟是什么？……我所感觉最根本的因素唯在主持有人，即主编不仅业务内行，而且富于奉献、富于进取精神，能推行其独特的方针。"

1995 年，陈羽纶接受《咸宁日报》记者（现任咸宁市向阳湖文化研究会党组书记）李城外的采访，并为李题字："回忆在咸宁向阳湖干校蚊帐中油灯下窃读英语文学名著引发 1981 年创办《英语世界》杂志的情景，令人怀念不已。"

《英语世界》能保持 30 万册发行量，完全是因为陈羽纶这个主编学贯中西，有高度敬业精神，凡是在英语界有一定成就和知名度的人，都肯当《英语世界》的顾问、编委。虽然在这个名单上看不到钱锺书的名字，他却为《英语世界》的刊名题了字。

附记：

仁者寿。

——《论语·雍也》

陈羽纶先生有仁爱，有道德。他生于 1917 年 3 月 3 日，2010 年 8 月 23 日去世，享年 93 岁。

《丁玲传》读后感

　　读《丁玲传》之前，我查了一下手头的《中国文学家辞典》现代第一册，那是 1978 年 9 月由北京语言学院《中国文学家辞典》编委会共同编的，把周扬写得十全十美，对丁玲用的依然是"文革"语言："由于她的资产阶级个人主义没有得到改造，因此，写出了《我在霞村的时候》《在医院》《三八节有感》等毒草，把解放区描写得一团漆黑，谩骂劳动人民，矛头指向党，另一方面又和王实味等勾结起来，进行反党活动。党为了挽救她，鼓励她到群众中去改造自己。"1955 年文艺界曾展开对丁玲、陈企霞反党集团的斗争，对他们在延安发表的毒草作品进行了再批判，《文艺报》于 1958 年发表了关于再批判的按语。

　　好在这是征求意见稿，大概没有印多少本。萧乾是 1979 年 2 月拿到改正书的（确认他 1957 年的"资产阶级右派分子"实属错划），然而，1978 年他已经忙起来了。3 月，为旧译作《好兵帅克》重印撰写译者前言。6 月，着手翻译易卜生的诗剧《培尔·金特》，并在《世界文学》1978 年第 3 期上发表诗剧的第一幕及第五幕。7 月，《好兵帅克》重印出版。8 月，写成第一篇文学回忆录《斯诺与中国新文艺运动》，并发表于是年所出版的《新文学史料》第1辑，香港《大公报》也予连载。10月写成第二篇文学回忆录《鱼饵·论坛·阵地》（翌年2月发表于《新文学史料》第2辑）。然而"文革"结束后，丁玲的文学生涯却没有那么顺利。

1933年5月14日，丁玲在家中被国民党特务秘密绑架，随即押到南京囚禁三年多。在这期间她没有自首叛变，没有在国民党刊物上写过一篇文章，没有给国民党做过一点事。1936年9月30日晚上，丁玲在中共地下党员聂绀弩的陪同下，乘火车赴西安。西安事变后，东北军撤出延安，由红军接管。任弼时交给丁玲一个任务，要她陪同史沫特莱去延安。

1941年1月1日，陈云部长把《审查丁玲同志被捕被禁经过的结论》通知丁玲，特意告诉她："结论是我最后一句'应该认为丁玲同志仍然是一个对党对革命忠实的共产党员'，是毛主席亲自加上去的。"这说明，毛泽东过问并关注了此事。

然而，1955年和1957年，丁玲先后被划为"丁玲、陈企霞反党小集团"，"丁玲、冯雪峰右派反党集团"的首要成员。1958年遭"再批判"，划为右派，下放到北大荒劳动十二年。其实，给丁玲的处分是按右派分子的第六类处理，跟冯雪峰一样，可以留北京的。由于丁玲的老伴儿陈明已经在1958年3月15日乘火车抵达位于哈尔滨东南的密山县，陈明被分配到八五农场二分场一个新建生产队，丁玲向往着那里以便和丈夫相依为命。

5月初，农垦部长王震到八五三农场视察工作，陈明向他汇报，丁玲也想来这儿。王震同意了。6月底，丁玲乘火车抵达密山。7月6日，丁玲与陈明乘火车赴汤原农场，陈明种菜，丁玲养鸡。1959年秋，丁玲和陈明都成了文化教员。1970年4月至1975年5月，丁玲、陈明伉俪双双在秦城监狱度过了五年一个月的囚禁生活。

1984年7月，中组部拟定了《为丁玲同志恢复名誉的通知》。《通知》高度评价说："丁玲同志是我党的一位老同志，在半个多世纪以来的革命斗争中和文艺工作中，做了许多有益的工作，创作了许多优秀的文艺作品。在国内外有重大影响，对党对人民是有贡献的，1957年以后，她在二十多年的长时间里，虽身处逆境，但一直表现好。1979年恢复工作以后，她拥护党的十一届三中全会制定的路线、方针、政策，不顾年高体弱，仍积极写作，维护毛泽东文艺思想，教育青年作家，几次出国活动，都有良好影响。"

次日上午，陈明把消息带给了丁玲，丁玲激动万分。周扬却对贺敬之说："丁玲的历史污点是翻不了的！"1957年初，丁玲曾用检查的形式揭露了周扬在解放初期的男女关系问题。周扬看到这个材料，非常生气，说："我现在还是中宣部副部长，还让不让我工作嘛。要看政治问题，要看一个人同党的关系嘛！"照周扬看来，既然他是中宣部的副部长，历史没有污点，没有政治问题，同党的关系好，就不许揭露他的男女关系问题。丁玲冒天下之大不韪，竟敢摸老虎屁股，那就让她吃不了兜着走！

随着岁月的流逝，人们认识了一个真实的丁玲。唐弢、严家炎主编的《中国现代文学史》（三），杨仪著《中国现代小说史》第二卷，对丁玲的评价恰如其分。前者页 361 写道：

> 《太阳照在桑干河上》不愧为一部反映土改斗争的优秀作品，它在艺术上的成功标明了延安文艺座谈会以后长篇小说创作达到的新高度。

后者页 1149 称丁玲为"左翼文学的女性开拓者"，作为丁玲"艺术个性最突出之点的，是善于写出人物复杂深邃、盘曲错综的内心世界，写出心灵的多重奏"。（页 271）"丁玲便是以一支沉重有力的巨笔，叩击着引导女性文学和左翼文学走向新境界的座座雄关。她这种开路者的英姿，令人以钦佩的心情，联想到古乐府《木兰诗》勾勒的女将飞度关山的风采。"（页 277）

萧乾于 1999 年 2 月 11 日去世，内蒙古大学出版社出版了一本纪念文集《百年萧乾》（主编乔旺，副主编白托娅、王彦军），其中收入了陈占彪的《怎样理解 1948 年郭沫若对萧乾的批判》。此文使我联想到周扬对丁玲的批判，下面抄录两段并附上其他人的评语。

1957 年 7 月 25 日下午 2 点，周扬说："从历史来看，丁玲在南京、延安、北京这三个时期都没有经受住考验。"李之琏描述：一些人愤怒高呼："打倒反党分子丁玲"，并要她到台前作交代，丁玲站在讲台前，面对人们的提问、追究、指责和口号，无以答对，后来索性伏在讲桌上呜咽起来。

9月16日上午，周扬作了《不同的世界观，不同的道路》长篇报告，16日和17日分两次讲完。韦君宜在《思痛录》中说：周扬的讲话杀气腾腾，蛮不讲理，可谓登峰造极。龚育之也说：正是在这些会上，我亲见了周扬疾声厉色、咄咄进逼、令人可畏的一面。丁玲记得最清楚，且一辈子都不敢忘而引为教育的是这句话：以后，没人会叫你同志了。你该怎么想？周扬说这话时候，他那轻松得意，一副先知的脸色，狠狠刺中了丁玲心灵的痛处。

《不同的世界观，不同的道路》这个题目，后来改为《文艺战线上的一场大辩论》，发表于1958年2月28日《人民日报》和3月11日《文艺报》。

岁月如流。周扬、丁玲、韦君宜等同志均已仙逝。今天，我们应该怎样看待周扬呢？我以为，最好按照陈占彪提供的办法去做。陈占彪写道："今天我们研究者思考诸如此类历史案件时，要弄清问责和思考的真正对象，我们要问责的不是具体的个人，而是造成个人如此作为的背后的深层的必然的时代大势。也就是说，我们要找历史算账，而不是找郭沫若算账。"陈占彪用这么几句话结束了自己的文章：

也就是说，面对此类历史事件，今天的人们似乎不再简单地纠缠于私人的恩恩怨怨，而是以同情的态度来反思造成他们如此作为的时代。这是今天我们的成熟和进步的地方。

2009年12月28日夜完，12月30日改定。

诚哉斯言。新中国成立后，50—70年代，运动频仍，周扬从来不是始作俑者，只是一位忠实的执行者。"文革"期间，他也曾锒铛入狱，还被打聋了。倘若当年换个人来执行政策，也许还不如他呢。中国人民已进入新时代，不必算旧账啦。

我觉得出版界与读书界对丁玲不够重视。完全可以把丁玲的某一部小说改编成供儿童阅读的缩写本，倘若有儿童不宜章节，省略掉就是了。我本人就曾把雨果的《悲惨世界》缩写成5万字，原书译成中文，有122.4万字。丁玲也写过散文、戏剧、旅美琐记等，同样也许可以出好几本缩写本。总之，我不希望中国的儿童过多地沉湎在动漫世界里，读丁玲的作品，潜移默化之间，儿童会爱祖国，爱人民，放眼世界。

（原载《传记文学》第一○七卷，第五期）

轮椅人生王恩良

去年教师节那天，日本的诺贝尔文学奖得主大江健三郎对北大附中的学生们发表演讲时，引用了鲁迅《故乡》末尾的话："我想：希望是本无所谓有，无所谓无的。这正如地上的路；其实地上本没有路，走的人多了，也便成了路。"

这话使我联想到王恩良所走的独特的路。有些残疾人是先天的，不可避免的。王恩良却是由于处理不当，落下了残疾。他没有怨天尤人，而是自强不息，做出了令人刮目相看的成就。

我们是1983年2月搬到京城木樨地这座居民楼来的。1989年春，台北女作家龙应台光临舍下。我特地把弟媳请了来，炸春卷款待她。事后她对很多人说，到了北京，最难过的是看见萧乾住在如此简陋的地方。其实，有关领导曾多次劝他搬到宽敞、阳光充足的楼房去，每一次他都坚决谢绝。不舍得搬走的重要原因是，入住此楼的绝大多数人家，都是"文革"期间原住房被挤占，身世遭遇与文化背景相似，彼此有共同语言，整座楼构成和谐的集体。我们家住第三层。紧邻孙达先（退休前为北京华文学院副院长）是萧乾的忘年交，住在第十层的王恩良同属中国致公党。通过孙院长，我们了解到王恩良的事迹，很受感动。不过，那些年各忙各的，直至去年春节在作协组织的团拜会上与女作家赵定军交换名片，她发现王恩良和我住在同楼同单元，从此就通过她的关系结识了王家三代人。

一般人只有一个父亲，王恩良却注定除了生身之父，还有一位继父。他的大伯父王志恺、二伯父王怡，分别为杭州笕桥中央航空学校第五期、第六期的毕业生，先后在 1937 年 8 月 25 日和 1938 年 2 月 18 日，壮烈牺牲于抗击日寇的空战中。尤其是王怡参加的那场大规模空战，以击落日机 14 架告捷。王怡奔赴前线时，才 20 岁，尚未结婚，他嘱咐三弟王馨将来生了儿子，务必过继给他，王恩良于 1944 年出生后，王馨办了公证，小恩良遂成了王怡的继子。

小恩良的童年过得十分凄凉，爷爷王文振早年负笈东瀛，专业是兽医。1931 年与家里包办的发妻张玉贵离婚，与一位受过西式教育的护士长结缡。奶奶本来可以靠 6 个子女打发余生，岂料非但老大老二为国捐躯，连最小的儿子和两个闺女也暴死于日本侵略军 1855 细菌部队蓄意制造的霍乱（俗称"虎列拉"）。小恩良的生母亦在他 3 岁时病逝。王馨为妻子办完丧事后，把娃娃托付给奶奶，只身漂洋过海闯天下去了。

王恩良中学毕业后，以优异成绩于 1962 年考上了北京医学院。有一次游泳时，腿部感染。倘若及时治疗，很快就能痊愈。

他不愿意给成天以泪洗面的老奶奶添麻烦，更不想向另觅新欢的爷爷告援，于是强忍着疼痛，支撑了好几年。后来发展成骨髓炎，做了右小腿截肢手术，1980 年时，由于药物副作用和其他原因，全身肌肉逐渐萎缩，1994 年起以轮椅代步。

吉人天相，苦尽甜来。改革开放后，王恩良与父亲重逢。王馨起先去了美国，加入美籍。后赴台，任台湾国际商专副教授。1994 年因癌症在北京逝世。1984 年，王恩良考入澳门东亚大学，专攻国际商贸。毕业后回北京工作。1994 年赴美深造，以顽强的毅力刻苦创业，成为美国亚洲商业电视公司的董事长。1996 年，该公司在美国建立了电视台，以美国加利福尼亚州为基地，向美国和海外介绍中国建设的成就，让世界各国人民更全面、公正地了解中国。自 1996 年 6 月 3 日起，用英、中两种语言播出我国中央电视台制作的新闻、文艺专题节目，备受包括美籍华人在内的广大美国人民的青睐。中国中央电视台与美国亚洲商业电视公司签订了长期合作意向书，并派记者到该公司协助工作。20 世纪的 60 年代，王馨曾把《西游记》译成英文，在美国出版。30 年后，王恩良任董事长的美国亚洲商业电视公司所属电视台播出了用英语打出字幕的中国电视剧《西游记》，产生了轰动效应。

《世界日报》《星岛日报》等报刊以显著版面刊登了亚洲商业电视公司所属电视台播放的缅怀世纪伟人邓小平的 12 集大型

专题片《邓小平》、纪录片《香港沧桑》以及香港回归的实况报道在美国主流社会引起巨大反应的情况。该台的播放时间达3000多小时，共有1000万观众收看。1998年，由于人为的障碍，只得转入网络视频电视。歪打正着，科技发展的方向正全方位地朝着网络视频电视开展，王恩良从事的传播事业潜力极大，前途是不可限量的。

当然，倘若没有贤内助郭慧珠女士四十年如一日的支持，他也不可能做出这么大的成绩。如今，王恩良、郭慧珠伉俪有两位公子协力创业。孙女在北京一家中学读书。想当初，1967年3月，正赶上动荡岁月，小郭及时把王恩良送进医院，做了截肢手术，否则性命难保。术后还对他进行无微不至的护理。诚然是患难见真情。

王恩良的事迹上了1997年度《中国人物年鉴》。王恩良"先后创办了侨福餐厅、侨源商店，他资助北京东城区开办贝雕福利厂，安排残疾人就业；资助西城区开办聋儿听力语言康复中心。他还为第六届远南运动会捐送了价值两万多元的复印机；为第四届全国残疾人运动会捐送了价值30多万元的纪念品。王恩良作为民办北京儿童康复研究所理事，曾筹划在北京建立具有现代化水平的'国际医疗服务中心'；他还积极引进国外资金与技术，开发保健产品，进行学术交流，为老年人康复服务贡献力量。"

如今翻开报纸，每天都有令人欢欣鼓舞的好消息。我国社会和经济发展的速度是前所未有的。王恩良尽管比我年轻 17 岁，但他毕竟是残疾人啊。每逢看到他摇着轮椅，为公益事业奔波，我就不禁受到鼓舞，发誓再接再厉。近年来，王家父子 3 人所捐献的钱物折成人民币已达 200 万元。

榜样的力量是无穷的。

辑四

乔伊斯在中国

一、鲁迅与乔伊斯

    爱尔兰作家詹姆斯·乔伊斯和我国的鲁迅，这两位 20 世纪的杰出作家，一西一东，他们的时代背景有些相似。1882 年 2 月 2 日，乔伊斯出生在爱尔兰的都柏林。他在爱尔兰现代文学史上的地位，相当于鲁迅在中国的地位。鲁迅是 1881 年 9 月 25 日出生在绍兴的破落的封建士大夫家庭，他是长子。1902 年 4 月赴日留学，在东京弘文学院学习，这时候写了立志为祖国和人民献身的诗篇《自题小像》。他在东京参加了排满运动，还发表了富有战斗精神和科学价值的作品《中国地质略论》等。1804 年到仙台专门学校学医，但后来深切地感到，"医学并非一件紧要事。凡是愚弱的国民……第一要着，是在改变他们的精神"。文艺正是医治并改变人们精神的利器，于是他弃医从文。

    乔伊斯出生的时候，爱尔兰这个风光绮丽的岛国是英国的殖民地，战乱不断，民不聊生。他有一大群弟弟妹妹，但他父亲偏爱这个才华横溢的长子，不论这一家人有没有足够的东西吃，也给他钱去买外国书籍。1902年6月，乔伊斯毕业于都柏林大学，获得了现代语学位。10月2日，他登记到圣西希莉亚医学院修课。可是，在这里只念到11月初就因为经济困难而放弃了学业。他去了一趟法国，想进巴黎医学院求学，遇到挫折。后来他就把主要精力都放在创作上了。郁达夫曾称誉鲁迅的杂文"是投枪，是匕首"；无独有偶，乔伊斯用"利刃""艺术尖刀""利器钢笔"这些词来描述自己的作品。

鲁迅生前，曾有人对他说，打算把他的作品推荐给诺贝尔奖金委员会。他婉言谢绝。爱尔兰自由邦于1921年12月6日成立后，新上任的一位大臣德斯蒙德·菲茨杰拉德登门拜访乔伊斯，表示愿意建议爱尔兰推举乔伊斯为诺贝尔奖的候选人。乔伊斯当时感到飘飘然，但写信给斯坦尼斯劳斯说此举不可能使他获奖，却会导致菲茨杰拉德把官职丢了。

鲁迅是1936年10月19日逝世的，享年55岁。不出9个月，日本军国主义者就发动了全面侵华战争。乔伊斯则是纳粹的受害者。1939年巴黎沦陷，12月他带着家眷疏散到法国南部。1940年12月17日，乔伊斯夫妇把患精神分裂病的女儿露西亚留在法国的一家医院，狼狈不堪地逃到瑞士的苏黎世。第二年的1月10日，因腹部痉挛住院，查明是十二指肠溃疡穿孔，在13日凌晨去世，终年59岁。

鲁迅的作品充实了世界文学的宝库。《阿Q正传》被译成五十多种文字，在许多国家都有广大的读者，阿Q不仅是中国文学史上，也是世界文学史上一个不朽的典型。《阿Q正传》和乔伊斯的代表作《尤利西斯》都起到了唤醒民众的效果。到了20世纪末，《尤利西斯》在世界文坛的重要地位已确立。1998年，美国兰登书屋"现代丛书"编委会评出20世纪百部最佳英语小说，《尤利西斯》名列榜首。1999年，英国水石书店约请世界47位著名文学批评家和作家，评选一个世纪最具影响的十部文学名著，《尤利西斯》再一次名列前茅。

鲁迅和乔伊斯生前，中国和爱尔兰都各自受到邻国的压迫。鲁迅去世后九年，日本军国主义者才投降，再过四年（1949年），中华人民共和国成立。乔伊斯死后七年（1948年），爱尔兰终于脱离英联邦，成为一个共和国。

下面引用一段关于鲁迅的精辟的评语："鲁迅的杂文在中国文学史上占有特殊重要的地位。它不仅记录着五四以来中国的思想斗争的历史，而且是通过对几千年来中国封建制度传统所形成的社会心理契机和思想文化性格之揭示，勾勒出整个民族精神，在漫长历程中所遭受的蹂躏与腐蚀，可以说是写出了一部从未有人提供的民族心理和灵魂的痛史，从这部洋洋洒洒的痛史中可以让人们懂得残酷的过去和思索光明的未来。"（见《中国杂文鉴赏辞典》第338—339页，山西人民出版社1991年版）

1921年4月，在庆祝签订《尤利西斯》出版合同的一次酒会上，乔伊斯曾对一个名叫亚瑟·鲍尔的爱尔兰文学青年说："你是个爱尔兰人，必须按照自己的传统来写，借来的风格不管用。

你必须写自己血液里的东西，而不是脑子里的东西……他们（指各国的文学巨匠）都首先是民族主义的。由于他们的民族主义是如此强烈，才使他们最终成为国际主义的……我总是写都柏林，因为倘若我能进入都柏林的心脏，我就能进入世界各座城市的心脏。普遍寓于具体中。"

在乔伊斯的一生中，民族主义思想是贯彻始终的。早在1912 年 8 月 22 日，刚届而立之年的乔伊斯就在致妻子诺拉的信中写道："我是也许终于在这个不幸的民族的灵魂中铸造了一颗良心的这一代作家之一。"1936 年，乔伊斯边读着英国版《尤利西斯》的校样边对弗里斯·莫勒说：他为了这一天，"已斗了二十年"。自从 1914 年着手写《尤利西斯》以来，直到 1918 年美国的《小评论》才开始连载。最早的单行本是 1922 年在法国由莎士比亚书屋出版的。德（1927）、法（1929）、日（1932 年出四分册，1935 年出第五分册）译本相继问世后，美国版（兰登书屋，1934）也问世了。然而对乔伊斯来说，最重要的是《尤利西斯》在英国本土的出版。也难怪他对丹麦诗人、小说家汤姆·克里斯滕森说："现在，英国和我之间展开的战争结束了，而我是胜利者。"他指的是，尽管《尤利西斯》里对 1901 年去世的维多利亚女王及太子〔当时（1904）在位的国王爱德华七世〕均有不少贬词，英国最终不得不承认这本书，让它一字不删地出版。

鲁迅和乔伊斯，诞生在 19 世纪 80 年代的东方和西方的这两颗文化巨星，已经双双成为超时空和跨文化的人物。2000年9月27日，我参加了在社科院外文所举行的大江健三郎访华学术座谈。他说，当他告诉他母亲，自己获得了诺贝尔文学奖的喜讯时，他母亲淡漠地回答说，亚洲作家中，印度的泰戈尔获得了这个奖，中国的鲁迅应该得而未得。他们是高高在上的，比起他们来，你要低好几个等级呢。"有良知的日本人深深引为遗憾的是日本没有鲁迅。

作家出版社2002年8月出版的《理解·友谊·和平——池田大作诗选》是我翻译的。其中收有长期以来为中日友好事业做出贡献的日本创价学会名誉会长池田大作的73首诗。他著作等身，于1981年荣获世界艺术文化学会授予的"桂冠诗人"。这部《诗选》里最感人的一首是歌颂鲁迅的。可以说，在池田大作的成长过程中，鲁迅的人品和文品起了不可估量的作用。人类已经进入21世纪，但是鲁迅的文章揭露的时弊依旧存在。今天读来仍像有针对性，发人深省。鲁迅还是宣传少了，我们应该多读鲁迅，因为他的遗产首先是属于中华民族的。爱尔兰人这么崇拜乔伊斯，甚至把6月16日"布鲁姆日"定为仅次于国庆日（3月17日圣巴特里克节）的大节日。1954年6月16日，举行"布鲁姆日"50周年纪念活动。《尤利西斯》爱好者从圆形炮塔出发，在都柏林市街上游行。1962年，都柏林市当局决定把圆形炮塔作为乔伊斯博物馆保存下来。6月16日，邀请世界各国的作家和乔伊斯研究家，前往参加博物馆成立大会。

2004 年 6 月 16 日，是"布鲁姆日"的 100 周年。爱尔兰在首都都柏林举办长达五个月的纪念活动。自 4 月 1 日起，一直持续到 8 月 31 日。纪念活动主题为"重品乔伊斯：都柏林 2004"。

在我国的上海鲁迅纪念馆，爱尔兰文化部、上海市文物管理委员会、上海市文联和上海市作家协会联合举办了"詹姆斯·乔伊斯和《尤利西斯》展"（6 月 16 日—30 日）以及《乔伊斯和他的世界》国际学术研讨会（6 月 16 日—17 日）。作为《尤利西斯》译者之一，同时也代表另一位译者萧乾，我怀着无限感慨应邀前往。倘若能够跟老伴儿偕行，该有多好。他走得太早了。

我相信，迟早我国也能用有民族特色的方式来纪念鲁迅这样一位饮誉全球的作家。

二、徐志摩与乔伊斯

我国最早推崇乔伊斯这部意识流小说的，乃是 1922 年正在剑桥大学王家学院当研究生的徐志摩。关于《尤利西斯》第十八章摩莉的意识流，他写道："他〔乔伊斯〕又做了一部书叫 Ulysses〔尤利西斯〕……在书最后一百页（全书共七百几十页）那真是纯粹的 prose〔散文〕，像牛酪一样润滑，像教堂里石坛一样光澄……一大股清丽浩瀚的文章汹涌向前，像一大匹白罗披泻，一大卷瀑布倒挂，<u>丝毫不露痕迹，真大手笔！</u>"[1]

耐人寻味的是，从新西兰来的女作家曼斯菲尔德独具慧眼，很早就看出了詹姆斯·乔伊斯的意识流开山之作《尤利西斯》的价值。乔伊斯于1941年1月13日去世后，英国女作家弗吉尼亚·伍尔夫在15日的日记中回顾了1918年4月18日哈丽特·维沃尔把《尤利西斯》的打字稿送到她家的往事。当时弗吉尼亚觉得此作文字粗鄙，不值得印成书，就顺手把它放进有嵌饰的橱柜抽屉里。弗吉尼亚认为作者"没有教养"，这是"自学成才的工人写的书"，"一个令人作呕的大学本科生，搔着自己的丘疹"。[2]

弗吉尼亚写道：

> 一天，凯瑟琳·曼斯菲尔德来了，我就把它取了出来。她开始阅读，奚落着。接着她忽然说："可是这里有些名堂：我料想这部故事会在文学史上占有重要地位的。"[3]

凯瑟琳·曼斯菲尔德与乔伊斯有一面之缘。由于凯瑟琳的丈夫、评论家约翰·密德尔顿·穆雷在《国民》杂志上发表了一篇关于《尤利西斯》的书评，乔伊斯于1922年3月底登门拜

1　徐志摩：《康桥西野暮色·前言》，原载上海《时事新报·学灯》(1923年7月6日)。

2　查理德·艾尔曼：《詹姆斯·乔伊斯》，第528、532页，牛津大学出版社1983年版。

3　见《弗吉尼亚·伍尔夫日记》第五卷（哈考特·布雷斯·乔瓦诺维奇出版社，美国1984年出版），以及艾尔曼：《詹姆斯·乔伊斯》，第443页。

访穆雷夫妇。事后凯瑟琳写信给她的朋友薇奥莱特·希夫："乔伊斯这个人蛮难对付……在见到他之前我丝毫不了解他对《尤利西斯》的见解。不了解此书中的人物与希腊神话中的人物有着多么紧密的对应关系。绝对需要极其透彻地了解后者，才能够讨论前者。我读过《奥德赛》，对它的内容还算是熟悉的。然而穆雷和乔伊斯谈得太深了，简直超过了我的理解能力。我几乎感到茫然。旁人完全不可能像乔伊斯那样来理解《尤利西斯》。听他论述其难度之大，几乎使人震惊。它含有密码，必须从每个段落中挑拣出来，如此等等。问答部分可以从天文学或地质学的角度来读，或者——哦，我也弄不清是怎么回事！"[1]

穆雷和乔伊斯谈论的时候，凯瑟琳仅仅是偶尔插一句嘴，但她的话都说在点子上，乔伊斯感到满意。艾尔曼写道：

> 然而，凯瑟琳·曼斯菲尔德对自己的评价过低了。4月3日，乔伊斯对希夫夫妇说："穆雷太太比她丈夫对此书理解得更透彻。"[2]

凯瑟琳和她丈夫与乔伊斯晤谈之后两个月，旅英中的我国新月派诗人徐志摩前去拜访她，跟她"讨论苏联文学和近几年中

---

[1] 查理德·艾尔曼：《詹姆斯·乔伊斯》，第528、532页，牛津大学出版社1983年版。
[2] 同上。

国文艺运动的趋向。这次谈话给徐志摩留下了深刻的印象"。[1]凯瑟琳做梦也没想到，比她年轻八岁多的这个中国来客，跟她一样欣赏《尤利西斯》。凯瑟琳病魔缠身，只谈了二十分钟，徐就告辞。倘若话题转到《尤利西斯》上，他所钦佩的这位女作家鼓励他来译，说不定我们在 20 年代就有了第一部中译本。

卞之琳认为，徐志摩的短篇小说《轮盘》"可能是最早引进意识流手法"[2]的。他在"13 岁时已能做得一手很好的古文"[3]。后于 1918 年 9 月入美国克拉克大学历史系，1919 年毕业"因成绩斐然，得该校一等荣誉奖"[4]。"1920 年 9 月，通过论文《论中国的妇女地位》，获得哥伦比亚大学硕士学位。10 月上旬，入伦敦大学政治经济学院……1921 年春，经狄更生（今译迪金森）介绍，入剑桥大学王家学院当特别生（即可以随意选课和听讲的学生）"[5]1922 年上半年，由特别生转为正式研究生。徐志摩在短短三年半的期间，修完了常人需用一倍时间才能完成的学业。他确实是个聪明绝顶的人，又有深厚的中英文功底，完全能把《尤利西斯》译好。据卞之琳说，"徐志摩自认为写起诗来是'脱缰的

1　见邵华强编：《徐志摩选集·文学系年》，第 311、308、310 页，人民文学出版社 1983 年版。

2　见《徐志摩选集·序》，第 8 页。

3　见邵华强编：《徐志摩选集·文学系年》，第 311、308、310 页，人民文学出版社 1983 年版。

4　同上。

5　同上。

野马'"。[1]他整个的一生，又何尝不像是天马行空。现在，飞机失事已不稀奇了。他却在一般人难得坐飞机的1931年，因飞行触山而物化。

三、钱锺书与乔伊斯

1987年金隄《尤利西斯》节译本（第二、六、十章及第十五、十八章的片断）由天津百花文艺出版社出版。译林出版社社长兼总编李景端听说金隄的全译本要到21世纪才能出版，因为他待在海外，为了谋生，不可能全力以赴。他曾约英语界专家王佐良、周珏良、杨岂深、施咸荣、赵萝蕤、陆谷孙等来译《尤利西斯》，均被谢绝。他还试图劝说钱锺书来译此书，并打趣地告诉钱先生，叶君健说，中国只有钱锺书能译《尤利西斯》，因为汉字不够用，钱锺书能边译边造汉字。对此，钱先生给李景端回了一封信：

> 来函奉到，愚夫妇极感愧。老病之身，乏善足述。承叶君健同志抬举，我惶恐万分。《尤利西斯》是不能用通常所谓翻译来译的。假如我三四十岁，也许还可能（不很可能）不自量力，做些尝试；现在八十衰翁，再来自寻烦恼

1 见《徐志摩选集·徐志摩诗重读志感》，第16页。

讨苦吃，那就仿佛别开生面的自杀了。

德译《尤利西斯》被认为最好，我十年前曾承西德朋友送一本，略翻一下，但因我德语不精通，许多语言上的"等价交换"（equivalence，不扣住原文那个字的翻译，而求有同等俏皮的效果），领略不来，就送给人了。金隄同志曾翻译一些章节，承他送给我，并说他是最早汉译《尤利西斯》的人；我一时虚荣心，忍不住告诉他我在《管锥编》394 页早已"洋为中用"，把《尤利西斯》的一节来解释《史记》的一句了！告博一笑。

钱锺书博览群书，过目不忘。尽管他并没有翻译《尤利西斯》，然而早年把全书读得滚瓜烂熟，该用的时候，信手拈来。萧乾和我合译的《尤利西斯》所附《大事记》里有这么一项：1979 年钱锺书在所著《管锥编》第一册（第 394 页）中，用《尤利西斯》第十五章的词句来解释《史记》中的话。

中译本第十五章的正文（译林出版社 2005 年 6 月版）第856 页"布卢姆　没。哦。"加了一条注：〔561〕原文为"nes. yo"。钱钟书在《管锥编》（中华书局 1979 年版）第 394 页《史记·太史公自序》中，曾用此词来解释"唯唯否否"一语："英语常以'亦唯亦否'（yes and no）为'综合答问'（synthetic answer）。当世名小说（Joyce, *Ulysses*）中至约成一字（nes. yo）则真'正反并用'……"

萧乾和我合译时，我们最感到力不从心的是第十四章，因为两个人都缺乏国学根底。1997年，我正陪萧乾住在北京医院的期间，承蒙日本资深汉学家、东京大学教授丸山升先生（萧乾的自传《未带地图的旅人》日译者之一）将丸谷才一、永川玲二、高松雄一重新合译的《尤利西斯》三卷本（1996—1997年集英社豪华版）邮寄给我们。三位译者均毕业于东京大学英文科。其中丸谷才一资格最老，他分担的四章（第十一、十二、十四、十八章）难度较大。据他本人交代，是用《古事记》的文体来翻译第十四章中的古英文的。作者模拟了笛福、麦考莱、狄更斯、佩特等英国文学史上散文大家的写作风格，译者则分别运用了井原西鹤、夏目漱石、菊池宽、谷崎润一郎的文笔，融会贯通。我不由得想起了年富力强、撰写《围城》时的钱锺书先生。他未能把《尤利西斯》译出来，是我国翻译界的一大损失。

四、萧乾与乔伊斯

1929年秋，萧乾进入燕京大学国文专修班，旁听从清华请来的客座教授杨振声讲的现代文学并为之所吸引，他第一次听说英国文学界出了个叛逆者詹姆斯·乔伊斯。这期间他又听了美国包贵思教授讲的现代英国小说课，她娓娓动听地讲起乔伊斯和他那部意识流开山之作《尤利西斯》。当时萧乾还不知道乔伊斯是爱尔兰人。

1930 年秋，萧乾考上了辅仁大学，这是一家天主教大学，教授大都是美国本笃会爱尔兰裔神父，西语系主任雷德曼就是其中的一名。与雷德曼相处的两年里，萧乾接触到了爱尔兰文学，这才知道乔伊斯是爱尔兰人。雷德曼对乔伊斯没有好感，常说乔伊斯不但给爱尔兰抹黑，而且也诋毁了天主教。

萧乾一向对叛逆者有好感，他认为乔伊斯必定是个有见地、有勇气的作家。但他跑遍了北京图书馆、燕京和辅仁大学图书馆，都没借到乔伊斯的书。

1939 年萧乾应邀赴英，在伦敦大学东方学院执教。为了躲避纳粹轰炸，大学整个疏散到剑桥去了。当时他的年薪只有 250 英镑，还要交所得税，然而他省吃俭用，旅英期间购买了 800 多本当代文学著作。除了福斯特、劳伦斯和弗·伍尔夫的作品，他还买了乔伊斯早期的短篇集《都柏林人》和《一个年轻艺术家的画像》。那时《尤利西斯》刚开禁不久，英国版才出了四年。他买到的是奥德赛出版社于 1935 年 8 月出版的二卷本。

1940 年 6 月 3 日，萧乾从剑桥给在美国担任中国驻美大使的胡适寄去了一封信，信中有一段写道：

> 此间工作已谈不到，心境尤不容易写作。近与一爱尔兰青年合读 James Joyce：*Ulysses*〔詹姆斯·乔伊斯（爱尔兰小说家）:《尤利西斯》〕，这本小说如有人译出，对我国

创作技巧势必有大影响，惜不是一件轻易的工作。[1]

萧乾再也没想到，进入耄龄，自己会和妻子合译乔伊斯的代表作《尤利西斯》。1984 年 9 月，萧乾和我联袂访英，13 日到王家学院拜访萧乾的昔日导师乔治·瑞兰兹，他尽了地主之谊。然而，1986 年，当我们在中央电视台的彭文兰女士安排下重访英国，拍电视片时，他却到法国度假去了，弄得彭女士大失所望。因为他曾答应过接受采访。

1993 年 7 月 28 日，萧乾收到了瑞兰兹的一封热情洋溢的回信，共四页。他写道："……你们在翻译《尤利西斯》，我感到吃惊，佩服得说不出话来。多大的挑战啊。衷心祝愿取得辉煌的成功……对那些不及我一半岁数的学生们而言，乔伊斯是个非常重要的天才……"

1995 年 1 月 16 日，瑞兰兹收到我们题赠的中译本后又写道："亲爱的、了不起的乾。你们的《尤利西斯》必定是 20 世纪的翻译中最出众的业绩。何等的成就！我热切地想听到学生们和市民们有何反应？务请告知……"

公众的反应之强烈，超出出版社和译者的想象。1995 年 4 月在上海签名售书，创下了两天签售一千部的记录。

萧乾于 1999 年 2 月 11 日逝世，享年虚岁九十。当年 7 月，

---

1 《萧乾全集》第七卷（书信卷）第 383—384 页，湖北人民出版社 2005 年 10 月版。

我收到一本《翻译名家研究》（湖北教育出版社 1999 年 7 月版），郭著章等编著，责编为该社社长唐瑾女士。郭著章在序言中写道："从内容上讲，全书集中研究了当代中国 16 位译家。书名中的'翻译名家'者，乃在翻译方面有特殊贡献的著名人物也，他们是鲁迅、周作人、胡适、郭沫若、林语堂、徐志摩、茅盾、梁实秋、钱歌川、张谷若、巴金、傅雷、萧乾、戈宝权、王佐良和许渊冲。虽不敢说他们的知名度都在最高之列，但无疑都是公认的在海内外有重大影响的译家。他们在书中的排列顺序，是根据其出生年月和从事译学活动的先后，并非表示其知名度的高低。"

1949 年 8 月，萧乾毅然谢绝剑桥大学王家学院的邀请（该校许诺以终身教职以及全家三口人的旅费），从香港回到祖国。他坐了八年冷板凳（1949—1957），划为右派达二十二年之久（1957—1979），及至 1979 年 2 月拿到一纸平反书，已垂垂老矣。被他誉为"一位有眼光的出版家"的李景端先生（南京译林出版社社长兼总编辑）上门组稿时，竟成了"八十衰翁"（钱锺书先生语）。亏得我那年才 63 岁。萧乾曾说："文洁若是火车头，拖着我跑。"那四年，他当大工，我当小工，硬是抢在金隄前面，大功告成。倘若没有把握比金隄先译竣，我根本不会应承下来。那四年，我每天工作十五六个小时，一连几个月不下楼。当小保姆挽着爷爷（我们先后请过三个小保姆，都是抱着学习的目的而来，我们称她们作孙女）去散步时，街坊常问："奶奶是不是出差了，怎么多少日子不见她的影子。"孙女乖巧地答曰："奶奶在突击翻译《尤利西斯》呢。"她们辞工时，每个人都拿到了一套我们题赠的《尤利西斯》中译本。

萧乾去世八年来，我晓得了《尤利西斯》译事对他一生的业绩而言，何等重要。他译的《弃儿汤姆·琼斯的历史》虽署名与李从弼合译，其实是他重译的。他在农场劳动三年半后，调到人民文学出版社来译此书。出版社原先决定废掉李从弼的译稿。他考虑到，李是大学教授，自己是右派分子，不如以合译的形式出版。翻译工作历时五年（1961—1966）。比《尤利西斯》还多一年。《培尔·金特》的原文是挪威文，《好兵帅克》是捷克文，都是从英文转译的。《莎士比亚戏剧故事集》是为儿童改编的。所以，倘非译了《尤利西斯》这部名著，萧乾绝对当不成十六个名译者之一。

文化大革命初期，我完全慌了神儿，未能把萧乾的大批笔记、札记、书信（尤其是 E.M. 福斯特写给他的一百多封亲笔信）保存下来，致使它们化为灰烬。进入新时期，他在创作方面只能写两部回忆录和短文章。然而翻译《尤利西斯》，我负责译初稿，查资料、加注释，把好信这一关，萧乾加工润色，达、雅就靠他那杆生花妙笔了。这是我们相濡以沫四十五载，最值得怀念的合作成果。

2007 年 3 月 17 日

漫谈奇书《尤利西斯》

　　人和人有缘，人和书也有缘。我和《尤利西斯》的缘分始于 1941 年 6 月。那时我正在北平东单三条圣心学校读英语，教我们的爱尔兰修女艾玛指着四年级课本中的美国作家华盛顿·艾尔文所写《瑞普·凡·温克尔》这篇小说，说："爱尔兰作家乔伊斯的长篇小说《尤利西斯》中，不止一次地提到这个作品和它的同名主人公。"我当时 14 岁，初次听到这个书名，便把它和在日本小学时就熟读过的根据荷马史诗《奥德赛》改编的《奥德修的故事》联系在一起了。6 年后，又在清华大学外语系美国教授温德开的"英国文学史"课上详细地听到关于这部天书的介绍。温德老人是个左撇子，边讲边写，涂了满满一黑板，分析主人公布卢姆在都柏林市 18 小时的活动。几年之后，初识萧乾时，我们又很自然地谈起这部意识流"开山之作"。他随手从案头抽出一本奥德赛出版社 1933 年版的《尤利西斯》给我看。他还用紫墨水密密麻麻地在空白处写满了笔记。

　　1922 年在巴黎问世的詹姆斯·乔伊斯（1882—1944）这本意识流小说《尤利西斯》，如今世界各主要国家都有了译本，有些国家甚至不止一种。日本远在 1932 年就翻译出版了，至今已有了四种不同的译本。然而我国迄今才只有一个不及原作五分之一的选译本。我国读书界（尤其学习或研究外国文学的）大都知道此书，有的读过摘译的片断。然而至今大多只闻其名，而未见其全貌，诚然是个不小的遗憾。

所以四年前当译林出版社李景端社长找到我们，力促我们译这部天书，那确实是个挑战。半个世纪前，萧乾曾在剑桥国王学院对此书下过点"傻功夫"（他的原话），他晓得这可不是轻易挑得起来的担子，但我们终于还是接受了这一挑战。心想：既然旁的国家有几种译本，中国也应该有；而且除我们之外还完全可能有高手再来译第二个甚至第三个译本。这部奇书是经得起这么反复尝试的。然而总得有人先来闯闯路。我们相信，最终会产生一部尽善尽美的译本。我们这只是抛砖引玉，当人梯。晚年能从事这么一项大工程，还是值得的。

我对文艺理论毫无研究，但我感到很难用什么主义来限定《尤利西斯》这部小说。它有时写实，有时荒诞无稽（连蹄子和扇子都能讲话，见第 15 章），有时十分抽象，大谈哲理，有时又十分具体（如关于赛马、斗拳，见第 2 章、第 10 章）。

我认为《尤利西斯》的价值，主要在于深化了写小说的艺术，从外在情节而探索到人物的内心世界。

乔伊斯于 1904 年离开都柏林后，曾宣布"自愿流亡"。他辗转于巴黎、伦敦、的里雅斯特、罗马、苏黎世等城市，过着颠沛流离的生活。但他始终眷恋着生他、哺育他成长的故土爱尔兰，梦绕情牵。他运用内心独白手法，以都柏林为舞台，写成了这部20世纪意识流小说的"开山之作"。

《尤利西斯》全书共18章，写主人公布卢姆（一个怕老婆的广告兜揽员）和他的妻子摩莉（歌唱家）以及一个名叫斯蒂芬·迪达勒斯的青年诗人（乔伊斯自传体小说《一个年轻艺术家的画像》中的主人公），在1904年6月16日这一天18个小时（晨8时至次日凌晨）的行动和内心活动——也就是意识流。作者把主人公这一天（后来《尤利西斯》的热心读者称之为"布卢姆日"）在都柏林的活动与古希腊史诗《奥德修纪》中的英雄尤利西斯在海上的十年漂泊相比拟，感到他所观察的爱尔兰现代生活是荷马世界的再现。小说赋予平庸琐碎的现代城市生活以悲剧的深度，使之成为象征普遍人类经验的寓言。这18章起初在杂志上连载时，为了突出各章主题，作者曾以荷马史诗的人名或地名作为标题。出单行本时，却把标题统统删去了。事实上，古希腊那部史诗只不过曾给作者以启发，二者并没有紧密的联系。

《尤利西斯》尚在执笔期间，前14章就已经在美国的《小评论》杂志上连载（1918—1920年）。1921年，该杂志在纽约被控刊载"淫秽"作品，因而在英、美、爱尔兰出版界没人敢承印此书。初版2000册还是由美国西尔薇亚·毕奇女士在巴黎开的莎士比亚书屋承印的。次年2月，西尔薇亚把样书亲自交到乔伊斯手里。他是1907年开始构思，1914年动手写的。1932年，敖德萨出版社又在汉堡出版了此书的新版，由乔伊斯研究家斯图尔特·吉尔伯特担任校订，至第四版，始成为定本。

1933 年，纽约法庭经激烈辩论，最终宣布，《尤利西斯》并非淫秽之作，转年 1 月，此书的美国版即问世。在英国和爱尔兰，也相继解禁。

《尤利西斯》是 20 世纪最有争议也是影响极大的一本书。最初，在英国，有人认为它违反了伦理；在爱尔兰，有人说它反天主教；德国那时希特勒已上台，又嫌它的主人公是犹太人；在西班牙，有人认为作者把出生在那里的摩莉写得太放荡了；当时只有苏联的密尔斯曾认为书中给工人运动带来些有益的信息。

书出版后，当时爱尔兰自治邦的一位部长曾去拜访乔伊斯，打算推荐他为诺贝尔奖候选人。乔伊斯戏答曰："那不会给我带来奖金，倒会使你失掉部长的官职。"更有趣的是，当时柬埔寨国王正在巴黎，对此书十分赞赏，他竟然宣布改名为列那·尤利西斯。

《尤利西斯》问世以来，受到众多知名作家、批评家的称许；各国专门研究此书的著作不断出版，还成立了"乔伊斯学会"。再加上各种注释本，使越来越多的人能读懂并欣赏这部书。

《尤利西斯》的主人公布卢姆是生活在都柏林的一个匈牙利裔犹太人。19 世纪末叶发生德雷福斯事件（法国军方陷害犹太血统的军官德雷福斯的冤案）后，犹太人在欧洲十分孤立，爱尔兰也掀起一场反犹运动。乔伊斯以这样一个犹太人为他这部杰作的主人公，并在此人身上倾注了他的同情。他笔下的布卢姆当然不是完人，但他是个宽容的丈夫，充满爱心的父亲，真诚慷慨的朋友。

乔伊斯在苏黎世写此书时，曾对画家勃真谈起他对犹太人的好感，认为他们在一个天主教国家里坚持犹太教的信仰是一种英勇的行为。他们不怕孤立。相形之下，小说中，与布卢姆的妻子摩莉私通的爱尔兰人博伊兰倒是徒然有个强壮的身子，但缺乏思想，没有灵魂的空壳子，一个饭桶。

乔伊斯在给妻子的信（1904 年 8 月 29 日）中曾说："我从心坎上摒弃当前的整个社会结构（包括家庭）以及基督教信仰……我的家庭属于被挥霍习惯所毁的中产阶级，我也受到遗传。我母亲估计是受我父亲的虐待，又被历年的苦恼以及我那率直的乖张行为缓慢地折磨致死的。当我发现，躺在棺材里的她那张被癌症摧残得憔悴了的脸是那么灰暗时，我晓得自己是在望着一个受害者的脸。

"六年前，我离开天主教会，我对它恨之入骨。我发现由于我本性的冲动，我再也不属于它了。我在学生时代就偷偷地反对过它，拒绝为它任职。我甚至因此沦为乞丐，但我保持了自己的尊严。如今，我用笔和口和行动公开反对它了。我在社会上只能是个流浪汉。我曾三度开始学医，一度学法律，一度学音乐。一周前我还想在巡回剧团里当个演员。我没有力量实现这计划，因为你在掣我的肘。"[1]

《尤利西斯》不仅在写作方法上彻底摆脱了西方小说几百年的传统，另辟蹊径，在思想上，他也是叛逆的。20世纪初，以诗人叶芝为首的爱尔兰文艺界都在致力于民族文艺复兴运动，乔伊斯却远离故土，摒弃天主教信仰及固有的社会秩序守则。他不但倾注大量笔墨写犹太人布卢姆的善良忠厚，头脑敏锐，还借这个人物的口说："门德尔松（大音乐家）是个犹太人，还有卡尔·马克思、梅尔卡丹特和斯宾诺莎，救世主是个犹太人。"[2]

失去祖国、到处流浪的犹太人的遭遇，使乔伊斯越发深切地感受到处在异族统治下的爱尔兰人的命运。例如在第12章中，绰号叫"市民"的一个激进分子就愤愤地问道："咱们这里本来应该有2000万爱尔兰人，如今却只有400万。咱们失去了的部族都到哪儿去啦？"他把爱尔兰人比作以色列人，所以特地使用了"部族"一词。公元前8世纪，由于遭受亚述侵略，以色列人就曾由原来的12个部锐减到两个部族；而19世纪中叶以来，因饥馑、移民等原因，爱尔兰人口由1841年的819万锐减到1901年的446万弱（照原先的自然增长率，本应增加到1800万）。据统计，19世纪有400万爱尔兰人被迫背井离乡，移居美国。

"市民"接着控诉道，爱尔兰的经济也遭到毁灭性的打击。

1 见理查德·艾尔曼：《詹姆斯·乔伊斯》，第169—170页，牛津大学出版社1983年版。
2 见《尤利西斯》第12章末尾。

"在咱们的贸易和家园毁于一旦这一点上，那些卑鄙的英国佬们欠下了咱们多大的一笔债啊！"

在他父亲的影响下，乔伊斯自幼仰慕爱尔兰民族主义领袖巴涅尔。当巴涅尔失势并突然去世后，年仅9岁的乔伊斯怀着悲愤之情写了一首长诗。后来经过润饰，收在《纪念日，在委员会办公室》[1]。在《尤利西斯》中，包括巴涅尔在内的为爱尔兰民族独立事业做出贡献甚至英勇献身者，几乎无不被提及。尤其是第12章中，描绘富于传奇色彩的爱尔兰民族主义领袖罗伯特·埃米特（1778—1803）因反英起义未遂，被判叛国罪，当众施以令人发指之酷刑，慷慨就义的场面，自始至终是用反笔写的，越发烘托出统治阶级之残酷毒辣。

《尤利西斯》的历史背景是1904年。在那个时候，恐怕没有人能预见到仅仅18年后，爱尔兰自由邦就建立起来了。在第12章末尾，作者用浪漫主义手法使布卢姆成为先知以利亚的化身，连同他所乘的车子升到上空灿烂的光辉中去，表现出对美好的明天的憧憬。

利奥波德·布卢姆是以爱吃家禽的下水、浓郁的杂碎汤亮相的。读毕全书，一个有血有肉的人物形象就印在读者脑中了。布卢姆作为一个从匈牙利来到爱尔兰落户的犹太人后裔，对歧视并围攻他的本地人说，他"属于一个被仇视、受迫害的民族"，并

1　见《都柏林人》中译本。

指出，"侮辱和仇恨并不是生命。真正的生命是爱。"（见第 12 章）他是这么说的，也是这么做的。就在这短短的一天中，他为刚去世的友人狄格纳穆的遗属慷慨解囊，搀一个素不相识的盲青年过马路，午夜又救起酒醉后被殴打、倒在街头的斯蒂芬，把他带回自己的家。

应该说，乔伊斯之所以在布卢姆身上倾注了如此深厚的感情，是因为他本人就属于弱小民族。作为一个当时尚未取得独立的爱尔兰的知识分子，在英国人面前，他不断感到处于被侮辱与被损害的地位。

不论乔伊斯离故土多么远，年头多久，他的创作源泉始终是爱尔兰，笔下写的也只是爱尔兰。1921 年，他对青年阿瑟·鲍尔说："你这个爱尔兰人，必须根据自己的传统来写……你必须写自己血液里的东西，而不是头脑里的东西。"他又说，"一切大作家都首先必须立足于本民族，他们那强烈的民族精神最终使他们成为国际作家……至于我，我总是写都柏林，因为倘若我能进入都柏林的心脏，我就能进入世界各个城市的心脏。普遍寓于具体。"[1]

世上有些作品一出现，立即引起轰动，然而很快就为人们所淡忘。《尤利西斯》却不是这样。当它遭禁时，许多名人为了维护出版自由而通力表示支持。然而当书出版后，人们却又迟迟

---

1 见艾尔曼：《詹姆斯·乔伊斯》，第 505 页。

疑疑地不敢轻易作出评论。但是今天，对此书的评论和注释，可摆满不止一书架。在它出版后 70 多年的今天，这部小说已被公认为"20 世纪最伟大的英语文学著作"（拉尔夫·雷德语）。它的价值日益被文学界所认识。乔学家哈利·莱文曾指出，它那"独创的表现形式有助于人们把握经验的新的方面"。进入 90 年代，乔伊斯研究依然是一热门话题，美国波士顿大学乔伊斯研究中心的基德教授，正在对德国学者盖布勒主编的《尤利西斯》（1984 年初版）开展"标点符号之战"，广泛地引起注意。1992 年 4 月的英国《卫报》载文说，基德又是世界上最大的乔伊斯作品收藏家，拥有用 28 种不同语言出版的 250 种乔伊斯著作。看来关于《尤利西斯》的争论，还将持续下去。

翻译《尤利西斯》时，我十分赞赏这部奇书内容之丰富：3 卷 18 章，粗看好像天马行空，想到哪儿写到哪儿，漫无边际。其实全书布局十分周密。每章各有独立的内容。有谈莎士比亚的（第 9 章），有谈音乐的（第 11 章），也有用英国散文发展史来象征婴儿从胚胎到分娩的发育过程的（第 14 章文章既独立，前后又总有呼应）。

我们译这部用字生僻、措辞艰涩的书时，首先注意的是译文的流畅。另外，为了避免读者陷入迷津，我们尽量通过注来指出前后呼应处。例如第 3 章末尾提到一艘三桅船正逆潮驶回港口，第 10 章倒 3 节末尾又提到这艘从布里奇沃特运砖来的罗斯韦恩号，到了第 16 章，布卢姆才从水手墨菲口中得知，原来他就是乘那艘船驶抵都柏林的。前两次写这艘船，都是伏笔。单是第 15 章的注就达 984 条。

我们译这部小说在国内引起注意是不难理解的。一本名气这么大的书，终于即将见到其全貌了。所以不断有人给我们写信，鼓励我们早日完成。同时这个尚在进行中的译本居然在国际上也引起了兴趣，这是我们未料到的。最初是美联社驻北京的首席记者魏梦欣（Kathy Wilhelm）两次来家访问，并写了颇长的报道发往世界各地。接着，美国《巴尔的摩太阳报》记者罗伯特，本杰明也来访。事后他寄来了剪报，不但有美国几家报纸登了他那篇访问记，加拿大法语报纸和葡萄牙报纸也都译载了，有的标题为《布卢姆在中国》，有的是《布卢姆在北京》。另外，多伦多电台还电话采访过。

我们细读这些报道，才明白他们是把《尤利西斯》的中译本看作我国文艺方面改革开放的象征。他们提到 20 世纪 50 年代连《简·爱》和《约翰·克利斯朵夫》都曾遭到批判的极"左"时期的中国，如今竟然翻译出版 30 年代在西方也有过争议的《尤利西斯》，这表明中国真的走向世界了。

附记：

本文系把《话说〈尤利西斯〉》（《光明日报》，1994年 5 月 27 日）和《天书、奇书、淫书？——话说〈尤利西斯〉》（《世纪》杂志，1994 年第 4 期）二文删改合并而成。